한국 희곡 명작선 57

덕만씨를 찾습니다

한국 희곡 명작선 57

덕만씨를 찾습니다

이정운

평민사

이정운

덕만씨를 찾습니다

등장인물

상철 - 70세 전후, 민수의 아버지, 파지 줍는 노인
정옥 - 60대 후반, 민수의 어머니, 파지 줍는 노인
박씨 - 70세 전후, 병두의 아버지, 동네 고물상 주인
병두 - 40대 초반, 박씨의 아들, 지적 장애인
가영 - 40대 중반, 민수의 옛 연인

그리고 김덕만의 일기

무대

이른 봄, 경기도 일대 어느 마을.

무대 중앙은 상철과 정옥네 집 마당.
고장 난 시계, 크고 작은 주방 용기들, 빛바랜 구형 냉장고, 유행에 뒤떨어진 수납장, 속이 텅 비어 있는 컴퓨터 본체, 상품들을 담아냈던 두꺼운 종이 박스들, 그리고 작은 손수레.
마당에 놓인 평상 주위에는 누군가들이 쓰고 버린 시간들이 그림처럼 펼쳐져 있다.
골목과 마당을 구분 지어 주는 것은, 있으나 마나 한, 낮은 담벼락과 그 옆에 세워져 있는 가로등 하나. 대문이 있어야 할 자리역시 텅 비어 있어 마당 안 풍경은 골목에서도 훤히 볼 수 있다.
그래서, 마당이라기보다는 작은 공터 같다.
마당 뒤, 위쪽으로는 현수막이 붙어 있는 박 씨네 고물상 외벽이보인다.
무대 한쪽으로 고물상과 마당 앞 골목길을 이어주는 언덕길이누워있다.
언덕길 위, 멀리 가로등 하나가 더 보여도 좋다.

마지막 장(10장)은 동네 골목.
빈 무대에 가로등, 그리고 언덕.

＊고물, 파지 등이 쌓여 있는 무대와 무대 위의 인물들은 어딘지모르게 닮아있다. 그리고 그 모습은 마치 한 폭의 풍경화처럼 빛이 난다.

일기장 하나

"어느 날, 기절하고 깨어나니 왼쪽에 마비가 와 있었다.
서울 생활 40년의 끝자락엔
뇌졸중으로 못 쓰게 된 몸뚱어리와 그래도 곁을 지켜준 아내가
있었다.
지금은 딱히 바라는 것이 없다.
어려운 시대에 태어나 하고픈 거 마음껏 못하고 살았지만
소소한 행복 누리고 살았으니 그것으로 됐다."

_ 김덕만 씨의 일기 中 / 20××年 12月 22日

1장

첫날 정오. 민수 기일 사흘 전.

상철은 담배 한 개비 입에 물고 허공에 시선을 두고 있다.
병두는 커다란 봉지와 집게를 들고 쓰레기를 줍다가 하늘 한 번 올려다보고는 상철 가까이 다가간다.
상철, 미동 없다.
병두는 박스 하나를 들고 상철 앞에 내민다. 상철이 고개를 끄덕이자 박스 안에 고장 난 시계, 스테인리스 그릇, 종이 등을 담는다.
상철은 테이프로 박스를 잘 봉해준다.
병두는 박스를 소중히 안고 길가에 앉아 무언가를 기다린다.
멀리서 고물 수거 차량의 확성기 소리가 다가온다.

소리   고장 난 컴퓨터나 노트북, 가전제품 삽니다. 공일공 구팔 사팔 사구사구.
피아노, 티비, 오래된 전축 삽니다.
전자렌지, 카메라, 녹슨 은수저……

병두   왔다!

병두, 벌떡 일어나 박스를 안고 소리가 나는 방향으로 뛰어나간다.

정옥   (집 안에서) 들어와 밥 자셔요!

상철, 느릿느릿 일어난다.

2장

같은 날, 해 질 녘.

말다툼 소리. 골목이 소란스러워진다.

상철과 정옥, 손수레에 파지 등을 싣고 마당으로 들어선다.

정옥, 들어서자마자 마당 한쪽에 쌓인 고물들을 뒤적인다.

정옥 없네.

상철 아니야.

정옥 박스 이리 해가지구 뛰어가는 거 봤대.

상철 일 미터 앞도 구분 못 하는 노인네들 눈을 어떻게 믿어?

정옥 우리 거 맞다니까? 뭐 하느라 사람이 들어왔다 나가는 것도 몰라.

상철 나 앉아있는 동안엔 개미 새끼 한 마리도 안 지나갔어.

정옥 눈뜬장님이야?

상철 내가 바보야? 난 모른다니까?

정옥 그게 돈이 얼마야. 아까워 죽겠네. 보는 눈은 있어가지구 돈 되는 것만 싹 다 쓸어갔네, 싹 다 쓸어갔어.

상철 입에 침이나 바르고 쭝얼거려. 싹 다 쓸어가기는. 고거 몇 개 들고 간 거 가지고.

정옥 뭐?

상철 뭐.

정옥 맞지? 또 두 눈 멀쩡히 뜨고 내준 거지?

상철 아니라니까.

정옥 아니긴. 똥인지 된장인지 먹어봐야 알아? 파지값이고 고철값이고 죄다 떨어져가지구 예전 절반치도 안 돼. 노인네들 허리 부러지게 쌓아서 갖고 가도 천 원짜리 서너 장 받고 나온다구. 다 내줄 거면 뭣하러 똥줄 빠지게 주워와? 듣고 있는 거야?

상철, 그새 새로 주운 하모니카에 정신 팔려있다.

상철 뭐라구?

정옥 소귀에 경 읽기지. 내 입만 아프지.

정옥, 돗자리를 깔고 앉아 챙겨온 고물들을 닦기 시작한다.
상철, 옷으로 슬쩍슬쩍 닦아가며 하모니카를 이리저리 돌려본다.
흐뭇하다.

정옥 빈둥거릴 시간 없어. 해 떨어지기 전에 박 씨한테 넘겨줘야지.

상철 해 지면 내일 넘겨주지.

정옥 속 편한 소리 하고 앉았네. 굶어 죽을 거야?

상철 네, 네. 알아 모시겠습니다, 마나님.

정옥, 고물을 본격적으로 박박 닦는다.

상철, 그 모습을 물끄러미 바라보다가 박스에 적힌 상표 문구들을 하나하나 읽는다.

상철 대 바겐세일.

순 보리차, 유기농 백 프로.

라면의 참맛, 원조라면.

온갖 잡것들 다 나와도 원조가 최고지. 원조가.

정옥은 여전히, 무섭도록 박박 문질러 닦는다.

상철 (더 큰 소리로) 우리는 족발과 보쌈에 모든 정성을 다하는 30년 전통의 족발 보쌈 전문점입니다. 평생을 족발 보쌈에 목숨 바친 남자. 족. 보. 남.

정옥 입은 다물고.

상철 내 입 갖고 말도 못 하나.

정옥 베짱이야?

상철 나처럼 열심히 일하는 베짱이가 어딨어.

정옥 진득하니 제대로 일 하나를 못 해.

상철 한 번만 더 진득했다가는 굼벵이가 형니임 하겠네.

정옥 계속 입 열고 있을 거야?

상철 하나 붙들고 앉아 종일 씨름 하는 사람이 누군데. 느려 터져가지고는.

정옥, 못 들은 척. 고물을 이리저리 꼼꼼하게 돌려본다.

상철 백날 박박 닦는다고 헌 게 새 거 되나? (고물 하나를 발로 툭
쳐본다)

정옥 왜 그래? 성질부리지 말고 일 안 할 거면 병두 그 자식이
나 잡아 와. 혼구녕을 내놓게.

상철 됐어. 왜 남의 자식을 잡아오래?

정옥 한두 번이야? 고물차만 지나가면 집어다가 다 갖다주
잖아.

상철 그만해. 한소리 또 하고, 한소리 또 하고. 늙은 거야?

정옥 응. 늙은 거야. 노망났어.

상철 공으로 받아 처먹고 도망간 놈이 잘못이지. 그놈이 뭔
죄야.

정옥 천하의 나쁜 놈. 남의 구역에서 차 끌고 돌아다니는 것
도 꼴 보기 싫어 죽겠구만. 내 손에 걸리기만 해.

상철 자기 아니라고 잡아떼면 그만인걸. 그냥 잊어버려.

정옥 반푼이 자식. 지네 집에 있는 건 손도 못 대면서 왜 매번
우리 것만 들고튀어?

상철 남이 듣네.

정옥 들으라지. 틀린 말 했어?

상철 그래도 가끔 쓸 만한 것도 물어오잖아.

정옥 웃기고 있네. 죄다 쓰레기만 집어오는데 무슨 헛소리야.

상철 얼마나 양심적이야. 돈 되는 건 엿 바꿔 먹구, 쓰레기 모

아 갖다 놓구…… 허허허……

정옥   웃겨? 웃음이 나와?

상철   착하잖아. 너무 미워하지 마.

정옥   맨날 싸구 도니까 당신 꽁무니만 쫓아다니지.

상철   난 우리 아들 같아 예쁘기만 하네.

정옥   어따 갖다 붙여. 천지 차이 나는 거를.

상철   말본새하고는. 사람이 점점 못 돼 가……

정옥   호랑이도 제 말 하면 온다더니 당신 아들 오시나 보네.

상철   응?

정옥   안 들려?

병두가 박 씨에게 쫓겨 마당 안으로 뛰어 들어온다.

어디에서 맞은 듯, 병두의 몰골이 엉망이다.

병두   학생이 담배 피면 안 됩니다. 몸에 해롭습니다.

박씨   일루 안 와?

병두   담배꽁초, 쓰레기, 아무 데나 버리면 안 됩니다. 나쁜 사람입니다.

박씨   나가 누구여.

병두   아부지!

박씨   그려. 나가 니 애비여. 그니까 냉큼 일루 못 온다냐, 이 등신 새끼야!

병두   (상철 뒤에 숨으며) 아빠…… 아빠……

박씨	아빠, 아빠…… 지랄허고 자빠졌네. 니는 배은망덕한 새끼여. 넌 애비가 둘이냐?!
병두	아빠!
상철	것 좀 내려놔. 애 놀라네.
박씨	한 번만 더 거기 가면 발가벗겨서 내쫓는다 그랬냐, 안 그랬냐!
병두	그랬다!
박씨	그랬다? 이 자식이!
병두	학생이 담배 피면 안 됩니다. 몸에 해롭습니다. 담배꽁초, 쓰레기, 아무 데나 버리면 안 됩니다. 나쁜 사람입니다. 아악!
정옥	애 잡겠네.
상철	왜 이래?
박씨	또 학교 가가지고 애새끼들한테 쥐어터지고 왔드라니께.
상철	애들한테 담배 피지 말라고 했어?
병두	네!
박씨	애새끼들 담배를 피건 술을 마시건 지랑 무슨 상관이여. 담배 피는데 떠억허니 앞에 서 가지고설랑 아들 입에 물고 있는 담배를 집게로 빼내부렀다. "학생이 담배 피면 안 됩니다. 몸에 해롭습니다!" 이 지랄허면서. 덩치는 산만해가지고 지 아들뻘 되는 놈들한테 맞고 다니는 칠푼이 새끼. 그냥 죽어, 나가 뒈져부러!

상철　고만 해.

박씨　허벌나게 처맞고도 왜 백날 천날 핵교 근방에서만 그 지랄이야.

병두, 얼른 도망쳐 상철네 집안으로 뛰어 들어간다.

박씨　(정옥의 눈치를 보며) 어디 남의 집엘 함부로 들어간다냐!

상철　그냥 둬.

박씨　속 터져 돌아버리겠네. 등신 새끼. 귀신은 뭐 하나 몰라. 저런 놈 안 잡아가고.

상철　못 하는 소리가 없네. 어린 애들이 나쁜 짓 하니까 말리려는 거지. 잘못한 놈들은 따로 있는데 왜 애한테 욕을 해.

박씨　그니까 지가 왜. 요즘 아 들이 을매나 독한데. 겁대가리 없이.

정옥, 집 안으로 들어간 병두가 신경 쓰인다.

정옥　시원한 거 한 잔 갖다 드릴까?

박씨　됐습니다. 썩을 놈들, 싸가지 없는 깡패 새끼들……

상철　담벼락마다 꽁초니 뭐니 쓰레기가 한가득이잖아. 눈에 보이는데 지나쳐지겠어?

박씨　그니까는 지가 왜! 그리고, 어디 그것뿐이당가? 작년에 장마 끝나고 나서, 길 건너 아파트 축대 무너진 거 모르는가? 요전 날 보니께는 핵교 받치고 있는 옹벽도 불안 불안혀. 비 쏟아지거나 갑자기 날 풀린 다음엔 이제 무섭당게. 동네가 오래돼가지고 여기저기 쩍쩍 갈라져 있고. 못 써.

상철 그래, 그래.

정옥 이것들은 좀 이따 갖다 드릴게요.

박씨 많이도 모아오셨네. 욕봤소.

정옥 저 양반, 신선놀음하느라 오늘도 아직이네요.

박씨 됐수다. 찬찬히 해, 찬찬히.

상철 내 평계는…… 저거 보라구. 저게 거울이지 고물이야?

박씨 대충해서 갖다주셔도 됩니다.

정옥 아니요. 돈 받고 하는 일인데 제대로 해드려야지. 그보다 저기…

상철 됐어.

정옥 되긴 뭐가 돼.

박씨 와요.

정옥 아니, 저기, 낮에 병두가

박씨 ……

상철 아니야. 가서 일 봐.

박씨 뭔 일 있답니까?

정옥 병두가 저기 쌓아놓은 걸 죄다…

상철 아니라니까. 가서 일 봐. 고물 몇 개 누가 가져가 버렸어. 누군지 몰라.

박씨	몹쓸 인간들. 남의 걸 왜 집어가?
상철	사람 없으니까 집어갔지, 뭐.
정옥	낮에 고물차가 와서…
박씨	세상천지 다 도둑놈들이야. 염병, 빌어먹을 세상.
상철	응, 응.
박씨	단도리 잘 허시요. 간수 못한 놈이 잘못이지, 으째.
정옥	병두야! 병두야!

정옥, 큰소리로 병두를 부르며 집 안으로 들어간다.

박씨	썩을 놈. 지 버릇 개 못 준다더니, 도통 포기를 모르네.
상철	그냥 올라가.
박씨	그려. 난 사무가 바빠서 이만 가네.
정옥	(소리) 거기 들어가지 말라고 했지! 이리 나와, 썩 나와!

병두, 마당으로 쫓겨나온다.

정옥	지난번에 다시는 안 들어간다고 약속했지?
병두	약속했습니다.
박씨	또 민수 방에 기어들어 갔습니까.
정옥	(못 들은 척) 그런데 왜 약속 안 지키고 틈만 나면 들어가냐구!
박씨	(들으라고) 무슨 보물단지 숨겨논 것도 아니구, 방이 닳아

빠지는 것두 아니구…

정옥 (무시하고) 그리구 너. 낮에 저기 있는 것들 집어다가 트럭 아저씨한테 줬어, 안 줬어.

상철 내가 줬어, 내가.

정옥 줬어, 안 줬어!

병두 줬습니다…

박씨 이놈의 자식! 이 도둑놈의 새끼!

박씨, 아무거나 주워들고 병두에게 몽둥이질이다.
정옥, 더 이상 다그치지 못한다.
상철, 뜯어말린다.

박씨 여가 한 번만 더 들락거리기만 혀봐라. 이 앞으로도 다니지 말어! 길이 여만 있당가? 뒤로 돌아가! 뺑 돌아가란 말여!

병두 (훌쩍인다)

박씨 뭘 잘했다고 질질 짜. 싸게싸게 안 들어가냐? 집에 가서 밥 처먹어, 이눔아!

병두, 뭐가 아쉬운지 자꾸 뒤돌아보며 마당을 나서고
박씨, 소 몰듯 쫓아낸다.

박씨 (상철과 정옥이 모아놓은 고물들을 가리키며) 요것들 얼마 되지도 않는 것 같은디, 내일 더 모아다 한방에 갖다주시요.
상철 내가 쳤다니까. 맞고 온 애를 또 패버렸네.
박씨 아들놈은 나가 단도리 헐 것이니 얼라한테 소리 지르고 막 그러지 마시요, 아줌씨. (들으라고) 담장 치고 대문을 세워놓든가……

박씨, 평상 위에 천 원짜리 몇 장 올려놓고 나가버린다.

상철 박씨! 이거 가져가. 가져가라니까!

박씨, 뒤도 안 돌아보고 언덕길을 올라 고물상 안으로 사라진다.
정옥, 다시 돗자리에 앉아 고물을 닦는다.

상철 사람이 왜 그렇게 뾰족해.
정옥 능구렁이 같은 영감탱이. 뭔 소린지 뻔히 다 알면서 모른 척이야.
상철 그러지 마. 남들보다 값도 더 쳐주잖아.
정옥 한두 번이이야 말이지. 간수 못한 놈이 뭐가 어째?
상철 한동네 살면서 그리 박하게 굴면 못 써. 식구 같은 사람들인데.
정옥 식구 같은 소리 좋아하네. 눈 멀어지면 금방 남이야.
상철 병두가 왜 남이야?
정옥 그럼. 아빠, 아빠 한다고 진짜 아들이야? 그러니까 제집 남의 집 구분 못 하고 들락거리지. 병두 이뻐하는 건 당신 마음이니까 참을 수 있어. 쓸데없는 것들 주워다가 민수 방에 채워놓는 것도…… 그래, 백번 양보해서 그렇다 쳐. 그래도 병두가 민수 방을 제 방처럼 들락거리는 건, 난 못 봐.

상철　좀 그러면 어때.

정옥　싫다니까!

상철. 평상 쪽으로 가서 하모니카를 만지작거린다.

상철　엄밀히 따지면 병두 잘못도 아니지. 지 엄마 도망가고 울고 있는 애한테 박씨가 사기쳤잖어. 박스에 고물 몇 개 넣어주고 이거 선물로 보내주면 니 엄마가 동생 데리고 집에 올 거다…… 해놨으니.

정옥　벌써 몇 년이야. 못 하게 말려야지.

상철　못 하게 말리니까 우리 집 거 갖다 바치는 거지. 허허허……

정옥　(흘겨본다)

상철. 정옥이 옆으로 와서 바싹 붙어 앉는다.

정옥　더워, 저리 가.

상철　가만있어 봐. 좋은 거 들려줄게. (하모니카 분다)

정옥   그건 또 언제 주워왔대? 이리 내.

상철   (하모니카 불면서 싫다고 고개 흔든다)

정옥   남이 내다 버린 거 더럽지도 않아? 그만해. 저녁에 귀신 부를 일 있어?

상철   (굴하지 않고 개구지게 계속 분다)

정옥   하다하다 별걸 다 갖고 놀아.

상철   신기허네. 십 년은 족히 넘은 것 같은데 입이 기억하고 있네. 뭐, 신청곡 없어?

정옥   없어. 일이나 해.

상철, 무시하고 하모니카 계속 분다.

정옥, 그냥 듣고 있다.

날 어두워진다.

일기장 둘

"텔레비전에서 홍콩 야경을 보여줬다.

아내가 눈치 채기 전에 얼른 채널을 돌린다는 게 소리만 더 높여버렸다.

몇 년째 계속되는 넋두리가 시작됐다.

이유인즉슨, 동네 친구들과 처음으로 해외여행을 갔는데

모두 홍콩 야경을 구경 간 때

돈 몇 푼 아끼자고 우리 내외만 호텔에 남아있었던 때문이다.

자식들이야 돈 드는 것도 아니고 왜 청승이냐 했지만,

그거야 혼자 외국 길 다닐 수 있는 젊은 사람들 이야기다.

우리 같이 가이드 없이는 한 발짝도 떼지 못하는 노인네들은

걸음 옮기는 데마다 모두 돈이다.

홍콩 야경 훌륭한 건 어디서 들었는지

좋은 경치 즐기는 아내는 아직도 잊을 만하면 그때 이야기를 한다.

넉 달만 지나면 적금 만기 날이다.

내년 봄, 주머니 넉넉한 여행을 위해

용돈 아껴 통장 하나 준비 중인 건 꿈에도 모르겠지."

_ 김덕만 씨의 일기 中 / 20××年 10月 8日

3장

이튿날 정오. 민수 기일 이틀 전.

상철은 평상 위에 도 닦는 사람처럼 앉아있다.
병두가 언덕 중간쯤에서 마당 안을 살핀다.
병두의 한 손엔 쓰레기 봉지가, 다른 한 손엔 종이 박스가 들려 있
다. 정옥이 없는 것을 확인하고 마당 안으로 들어와 평상 위에 박
스를 올려놓는다.

상철   이게 뭐야?
병두   (박스를 상철 쪽으로 밀어준다)
상철   나 주는 거야?
병두   엄마.
상철   왜. 어제 들고 간 거 미안해서?
병두   (끄덕끄덕)
상철   우리 병두, 착하다.
병두   (끄덕끄덕)
상철   많이도 주워왔네. 또 학교 근처 어슬렁거리고 다닌 건
        아니지?
병두   ……
상철   아부지가 싫어하는데 왜 자꾸 가는 거야.

병두　　학교…… 학교……

병두는 박스 안의 물건들을 평상 위에 꺼내놓기 시작한다.
대부분 쓰레기에 가까운 것들이다.

상철　　좋은 거 갖고 왔네. 근데 이거랑 이건 더 못 써. 이제 태
　　　　워 버려야 해.

병두　　태워?

상철　　응. 하늘로 보내주는 거야.

병두　　왜?

상철　　그래야 다시 태어날 수 있으니까.

병두　　사람처럼?

상철　　응. 사람처럼.

병두, 잠시 고민하더니 태울 것만 쓰레기 봉지에 담는다.
상철, 낡은 일기장을 발견한다. 얇은 공책 몇 권을 노끈으로 단단히
엮어 만든 일기장이다.

상철　　이건 뭐야?

병두　　책, 책, 글씨 있는 책. (상철에게 쥐여준다)

상철　　이건 엄마한테 보내주려고?

병두　　아니요.

상철　　그럼 민수 방에 두려고?

병두	(고개 세차게 흔들며) 아니요.
상철	그럼?
병두	그건 병두 거.
상철	뭐 하려고.
병두	공부하고 싶습니다.
상철	공부하고 싶어서 주워왔어?
병두	네.
상철	근데 왜 나한테 줘? 병두 가져.
병두	읽어주세요.
상철	(일기장을 펼쳐 본다. 병두가 읽기에 글씨가 너무 빼곡하다)
병두	혼자서… 어렵습니다. 아빠, 선생님. 병두, 학생.
상철	병두, 학교 다니고 싶은 거야?
병두	……
상철	그래서 자꾸 학교 가는 거였어?
병두	(대답 없이 바닥만 긁어댄다)

멀리서 고물 수거 차량의 확성기 소리가 다가온다.

소리	…… 오래된 전축, 피아노, 티비, 카메라 삽니다. 버리는 냉장고, 세탁기, 전자렌지, 녹슨 은수저 삽니다. 공일공 구팔사팔 사구사구……
병두	왔다!

정옥   (집안에서 뛰어나온다) 병두, 너 또!

병두   엄마야!

병두는 쓰레기 봉지까지 내던지고 마당 밖으로 도망 나간다.
상철, 웃는다.

정옥   벽을 2미터쯤 올려놓아야 내가 이 꼴을 안 보지. 새벽 댓
바람부터 일어나 쓸고 닦느라 허리가 휘어지는데 또 돼
지우리 만들어놨네. 여가 쓰레기장이야?

상철은 몰래 일기장을 엉덩이 밑에 깔고 앉는다.

정옥   이리 꺼내 봐.

상철   응? 뭐?

정옥   거 깔고 앉은 거 꺼내보라구.

상철   뭐 말하는 건지 모르겠는데?

정옥   또 뭘 꿍쳐두고 오리발이야. 이리 내라니까.

상철, 일기장을 들고 도망치듯 집 안으로 들어간다.

정옥   병두 자식, 또 똥 싸고 갔네.

정옥, 상철을 쫓다 말고 평상 위를 치운다.

가영이 언덕길에서 내려오고 있다.

정옥   이게 벽만 세워놓는다고 되겠어? 깨진 유리 촘촘히 박아놓고, 그 위에 철조망도 둘러놔야지. 주워올 거면 돈 한 푼이라도 되는 걸 집어오든지. 갖고 오는 것마다 맨 쓰레기만, 어디 쓰레기만…… 대충 집어와도 멀쩡한 거 한두 개는 딸려오겠네. 일부러 엿 먹이는 거야, 뭐야. (집안을 향해 큰 소리로) 밥 먹읍시다!

정옥, 집으로 들어가려 돌아서면 마당 입구에 가영이 서 있다.
정옥, 바로 알아보진 못하지만 이내 누군지 알아챈다.
가영, 공손히 인사한다.

무거운 침묵.

정옥   맞죠?
가영   네.
정옥   여긴 뭐 한다고 왔어요. 여기가 어디라고.
가영   그동안 잘…
정옥   우리가 안부 물을 사이는 아니지 않나.
가영   너무 늦게 와서 죄송합니다.
정옥   늦, 게? (짧은 사이) 바깥양반, 집 안에 있어요. 무슨 일인지 모르겠지만 저 양반 나와보기 전에 가요.

가영	여쭈어볼 말씀이 있어서, 찾아왔습니다.
정옥	우린 그쪽한테 해줄 말 없어요.
가영	……
정옥	(들어가려다 말고) 얼른. 가라니까.
가영	민수 씨.
정옥	……
가영	민수 씨 있는 곳을 알고 싶습니다. 할 말이 있어요. 그래서……
정옥	왜요.
가영	……
정옥	그것 때문이라면 더 이상 말 섞을 일 없겠네. 우리도 모릅니다. 아니, 알아도 말해주고 싶지 않네요. 그냥 가요.
가영	어머니
정옥	누가 어머니예요. 얼굴 맞대고 싶지 않으니까…… 빨리 가요. 나 들어갑니다.

정옥, 집 안으로 들어가 버린다.

가영, 한참을 고집스럽게 서 있다.

상철	(집 안에서) 밥 안 먹고 어딜 가.
정옥	(집 안에서) 어디 도망가? 먹고 있어.

정옥, 다시 마당으로 나온다.

정옥	그러고 있을 줄 알았다니까. (짧은 사이) 부탁이에요.
가영	……
정옥	다신 오지 말아요. 저 양반, 이제야 사람처럼 살고 있어요. 그쪽이 온 거 알면 또 몇 날 며칠을 산송장 같이 앉아있을 텐데, 나 더 이상 그 꼴 못 봐요.
가영	제가…
정옥	예. 할 말 있겠죠. 하지만 하나도 듣고 싶지 않네요. 이젠, 하나도 궁금하질 않아요. 따지고 보면 우리도 잘한 거 없으니까 죄인처럼 고개 숙일 필요 없어요. 그저…… 피차 얼굴 안 보고 사는 게 나은 사람들이니까. 이제 그렇게 됐으니까…… 내가 다시 한번 이렇게 정중허게 부탁합니다. 가주세요.

긴 침묵.

가영	다시 오겠습니다.

가영은 공손히 인사하고 골목으로 사라진다.

정옥은, 수문장처럼 마당 입구를 지키고 섰다가 가영의 모습이 더 이상 보이지 않자 평상으로 가서 털썩 앉는다.

핸드폰을 꺼내 잠시 바라보다가 전화를 건다. 벨이 몇 번 울리기도 전에 끊어버리는.

곧 전화벨이 울린다. 정옥은 바로 받지 못한다.

정옥   여보세요. 그래, 잘 지냈니… 응, 나야… 다름이 아니
라… 그 여자가 찾아왔다. 민수 어딨냐고… 이틀 후면,
또 그날이잖아…… 그래서 말인데, 시간 좀 내줄 수 있
을까?… 아니야, 밖에서 만나자. 바쁘잖아. 내가 너 있는
데로 갈게… 응, 그래… 괜찮아. 그래, 그래…… 울지 말
고…

상대방이 계속 울고 있는지, 정옥은 아무 말 없이 오랫동안 핸드폰
을 들고 있다.

4장

같은 날, 늦은 오후.

병두가 마당에서 혼자 놀고 있다.
박씨, 장 본 비닐봉지 들고 골목을 지나가다가 병두를 본다.

박씨   저녁 먹을 때 거진 다 되았는데 여서 뭐한다냐.

병두   (쳐다본다)

박씨   파래 무쳐줄랑게. 따라붙어.

병두   (고개 세차게 흔든다)

박씨   또 아줌씨한테 혼나려고 그랴?

병두   엄마 없다. 안 가!

박씨   줏대 없는 새끼. 아무한테나 엄마아빠야. 여서 살아라,
            살아부러.

상철이 병두가 준 일기장을 들고 집 안에서 나온다.

상철   좀 놀다 가라고 해.

박씨   이 시간에 왜 집에 있는가?

상철   혼자 다니기도 심심하고. 일하기도 귀찮고.

박씨   왜 혼자대? 마나님 어디 행차 나가셨나?

상철	그러게. 웬일로 일도 안 하고 어디 나갔어.
박씨	웬일이대. 어데.
상철	몰라.
박씨	자기 마누라, 어디 간 줄도 몰라?
상철	고물 닦기 원정대회 나갔나? 허허허……
박씨	또 신소리 해쌌네.
상철	말씀을 안 하시니 내가 알 수가 있나. 그 덕에 농땡이 치고 있어. 아주 좋아.
박씨	좋기는. 도망 안 가게 단도리 잘 혀. 내 꼴 나면 우짤라고.
상철	예끼, 이 사람아.
박씨	(병두에게) 쫌만 놀다가 들와. 알았냐?
병두	(딴청)
박씨	쌍눔의 새끼.
상철	내가 보낼게. 걱정 말고 들어가 있어.
박씨	같이 오드라고. 혼자 청승맞게 앉아 대충 때우지 말고.
상철	응, 응.

박씨, 언덕길을 올라 사라진다.

상철, 평상 위에 앉아 일기장을 펼치며

상철	그럼 공부해볼까?
병두	네! (상철 옆에 바싹 붙어 앉는다)
상철	(일기장 펼쳐 보여주며) 이건 뭐야?

병두	숫자.
상철	무슨 숫자?
병두	날짜.
상철	어떻게 읽는 거야?
병두	천구백구십팔…… (年, 月, 日이 한자다) 오…… 십오……
상철	이건, 해 년.
병두	해…… 년.
상철	이건, 달 월.
병두	달, 월.
상철	마지막 놈은, 날 일.
병두	마지막 놈은, 날 일.
상철	그래서, 천구백, 구십, 팔년, 오월, 십오일.
병두	천구백, 구십, 팔년, 오월, 십오일.
상철	잘하네.
병두	잘했다.
상철	또 읽어 봐.
병두	(고개 흔든다)
상철	그럼 따라 읽어 볼 테야?
병두	(끄덕끄덕)
상철	"천구백구십팔년 오월 십오일. 스승의 날이라고 막내가 카네이션을 받아왔다."
병두	받아왔다!
상철	"아파트 입구에서 만난 아랫집 영감이 딸이 선생님이었

냐며 부러워한다."

병두 부러워한다!

상철 "팔불출 되기 싫어 성의 없이 대답하고 막내랑 같이 엘리베이터에 올라탔다."

병두 올라탔다!

상철 "꽃바구니 들고 있는 모습이 영락없는 선생님 모습이다. 언제 자라 학생들 가르치는 교육자가 됐을까."

병두 됐을까.

상철 "대견스럽고 괜히 우쭐해진다. 아들만 셋이라고 허구한 날 자랑질하던 아랫집 영감이 전혀 부럽지 않다."

병두 부럽지 않다.

상철 천구백구십팔년 오월 이십사일.

병두 천구백구십팔년 오월 이십사일.

상철 …… (눈으로만 읽는다)

병두 오월 이십사일!

상철 일기장이네.

병두 일기장. 병두도 일기 씁니다.

상철 그래? 한 번 보여줘 봐.

병두 안 됩니다. 일기는 다른 사람이 보면 안 됩니다.

상철 그럼 이것도 보면 안 되겠네?

병두 (시무룩)

상철 재미져?

병두 (끄덕끄덕)

상철	더 읽어줄까?
병두	(잠시 고민하다가) 아닙니다.
상철	아빠가 나중에 더 재미난 것 읽어줄게. 이건 그만 읽고 집에 가서 밥 먹자.
병두	(끄덕끄덕)
상철	아부지한테 먼저 식사하시라고 그래.
병두	네……
상철	어여 가서 밥 먹어.
병두	네……

병두, 쓰레기 봉지랑 집게를 들고 마당을 나선다.

박씨	(소리) 병두야! 그만허고 들어와서 밥 먹으라!
상철	(가라고 손짓)
병두	네에!

병두, 마당을 나서 언덕길로 올라 사라진다.
상철, 느릿느릿 파지들을 노끈으로 묶는다.
자꾸 일기장으로 시선이 간다.
결국, 자리 잡고 앉아 일기장을 다시 펼친다.

상철	"천구백구십팔년 오월 이십사일.
	마누라 생일이라고 애들이 모두 집에 모였다.

셋째 사위가 될 정서방까지 오니 식구가 열두 명으로 대가족이 됐다.

이제 막내만 시집보내면 할 일 다 마치게 된다.

아내도 그때쯤이면 식당일은 그만두겠지.

그리고 좋아하는 화분이나 손질하며 살 수 있을 것이다.

애들까지 나서서 그만두라 성화를 부려도 아직은 고집을 꺾을 생각도 안 한다.

수저 놓고 방에 혼자 앉아 뉴스를 보고 있는데 막내가 따라 들어와 옆에 앉는다.

할 말이 있는 것 같아 기다리고 있는데 아내가 들어와서 급하게 데리고 나갔다.

남자라도 생긴 건가. 눈치가 이상하다.

시집보낼 궁리 하다가 진짜 그럴 내색을 보이니 심장이 덜컹 내려앉는다.

이건 무슨 조화란 말인가.

아직도 마음이 울렁거리는 것이 우습기 그지없다."

상철, 일기장 한 장 넘긴다.

상철　"천구백구십팔년 유월 십삼일.

셋째가 시집을 갔다.

세 번째쯤 되면 단련이 되어 괜찮을 줄 알았던 건 오산이다.

멀쩡한 것까진 기대 않더라도 땅바닥이 내려앉는 건 덜
할 줄 알았더니

그 무게의 중함에 차이가 없다.

셋째는 아픈 손가락이다.

여상 졸업도 하기 전에 직장 생활해서 자기 동생 육성회
비까지 보탰던 딸이다.

말로야 지가 공부 안 해서 못 갔다지만 형동생 모두 졸
업한 대학을 혼자만 문턱도 밟아보지 못했으니 그 맘이
좋을 리가 없을 터.

아내는 입만 열면 전문대라도 보내야 한다고 했지만, 공
부에는 때가 있는 법이라 결국 시기를 놓치고 말았다.

셋째 사위 나무랄 데 없지만, 남들처럼 대학까지 나와
더 번듯한 직장 다녔으면 더 좋은 신랑 만나지 않았을까
하는 못된 생각이 든다.

어릴 적부터 생글생글 잘 웃어 동네 어른들 귀여움 많이
받았으니

시집가서도 잘 살겠지.

행복해라, 내 딸."

상철   복 받은 양반이네……

상철은 부러운 듯 일기장을 쓰다듬는다.

어느덧 해가 져서 어둑해졌다.

상철, 일기장을 읽다가 담배 하나를 문다.
정옥이 마당에 들어선다.

정옥   어두운 데서 뭐 하고 있어.

상철은 급하게 담배를 숨기지만
정옥은 무슨 일인지 모르는 척해준다.

상철   어디 갔다 와.
정옥   배 안 고파? 밥 먹어야지.
상철   그놈의 밥 타령들은.
정옥   맛있는 거 해 먹을까? 오는 길에 고기 끊어왔어. 김치찌개 맛있게 끓여 밥 먹읍시다. 나 배고프네.
상철   구두쇠가 무슨 일이대?
정옥   해줄 때 군말 말고 드셔. 거 떨어진 담배나 주워와. 또 병두, 집게 들고 쫓아 올라. (병두 흉내 내며) "담배꽁초, 쓰레기, 아무 데나 버리면 안 됩니다. 나쁜 사람입니다."

상철, 눈 동그래져 정옥을 쳐다보면 정옥, 웃는다.
집 안으로 들어가는 정옥이의 뒷모습이 어딘지 지쳐 보인다.
상철, 정옥이를 따라 집 안으로 들어가며

상철	왜 그래. 무슨 일 있는 거야?
정옥	무슨 일 있을 게 뭐 있어.
상철	매가리가 한 개도 없는 것이 내일모레 내일모레 하는 사람 같잖아.
정옥	피곤해. 입 좀 다물어.
상철	궁금하게 왜 그래? 어디 갔다 왔냐니까?
정옥	애인 만나고 왔다. 어쩔래.
상철	……

어디선가 음악 소리가 잔잔히 흘러왔다 지나간다.

날 어두워진다.

일기장 셋

"시집도 못 보낸 딸이 혼자 산다고 나가버렸다.
나는 더 이상 너하고는 못 살겠다. 계속 멋대로 살 거면 연 끊자.
모진 말 몇 마디 던진 것 때문에 붙잡지도 못했다.
딸이 이사 갈 동네 가서
방범은 잘 되어 있는 곳인지, 시장은 가차운지,
지하철역서 집까지 몇 분이나 걸리는지
한참을 돌아다녀 봤다.
돌이켜보니 딸자식 앞에서 너 때문에 죽고 싶다는 말도 했던 것 같
다.
집은 딸자식이 나갔는데 내가 집을 잃은 것 같다.
여름 지난 지 얼마 안 됐는데 가을바람이 벌써 차다."

_ 김덕만 씨의 일기 中 / 20××年 9月 12日

5장

사흗날, 해 질 녘. 민수 기일 하루 전.

상철은 평상 위에 앉아 일기장을 보고 있다.
작업 중이던 파지들은 마당 위에 그대로 방치되어 있다.
병두는 골목에서 쓰레기를 주우며 걸어오다가 자연스럽게 마당 안으로 들어온다.

병두   아빠.
상철   (듣지 못한다)
병두   아빠.

정옥, 그릇이 잔뜩 담긴 큰 대야를 들고 집 안에서 나온다.
병두, 정옥을 피해 마당에서 나온다.

정옥   이래놓고 있을 거야?
상철   (대답 없다)

정옥, 상철의 대답, 기다린다.
병두, 더 이상 주워 담을 쓰레기가 없자 골목에 쭈그리고 앉아 집게를 맞부딪혀 딱딱 소리를 내며 논다.

정옥	시끄럽다, 병두야. (상철에게) 뭐 하느라 하루 종일 그것만 들여다봐.
상철	(대답 없다)

정옥은 대답 듣기를 포기하고 돗자리 위에 앉아,
닦지 않아도 될 스테인리스 그릇 등을 박박 문지르기 시작한다.
병두, 정옥의 그릇 닦는 소리에 박자 맞춰 집게로 딱딱 소리를 낸다.

정옥	조용히 못 해?
상철	(그제야) 왜 그래?
정옥	딴 데 가서 놀아! 오늘은 쓰레기 안 주워?

놀란 병두, 슬그머니 일어나 사라진다.

상철	구멍 나겠네. 그만 좀 문질러.
정옥	(대답 없다)

침묵.
정옥이의 그릇 닦는 소리만 규칙적으로 들릴 뿐이다.
멀리서 고물 수거 차량의 확성기 소리.

소리	고장 난 컴퓨터나 노트북, 모니터 삽니다.

오래된 전축, 버리는 티비, 안 쓰는 카메라 삽니다.

헌 옷, 헌 이불, 헌 신발, 헌책 ……

정옥 (그릇 던지다시피 내려놓으며) 일주일에 한두 번이더니 이제
는 매일 와서 아침저녁으로 저 지랄이야. 손바닥만한 동
네에 천지가 고물상인데, 뭘 더 가져가려고 맨날 와서
시끄럽게 떠들어대는 거야?

정옥, 팔을 걷어붙이고 소리 나는 방향으로 빠르게 걸어 나간다.

상철, 바라만 본다.

그리고 일기장을 소리 내어 읽는다.

상철 "환갑을 맞았다.

내년 봄이면 두 손주 녀석이 세상에 나온다.

그래서 한 해만 기다리자고 말했는데도 사위들은 또 찍
으면 된다면서 기어이 날짜를 잡았다.

덕분에 뱃속의 녀석들까지 열네 명의 식구들이 처음으
로 제대로 된 가족사진을 찍었다.

한복을 곱게 입은 아내가 대갓집 안방마님 같다.

그 덕에 가족사진의 주인공은 마누라가 돼버렸지만 하
나도 서운치 않다.

사이가 틀어진 막내딸이 옆자리에 앉아 팔짱을 꼈다.

오른쪽 팔이 뻣뻣하니 편치 않았지만, 오늘만큼은 미운

감정도 사라진 듯했다.

다 같이 사진 찍겠다고 부산스럽게 움직이는 애들을 보니 육십 년 세월이 그리 허망치만은 않으렷다.

애들 건강하면 됐다.

욕심부리지 말자……"

상철　(주문을 외듯) 욕심부리지 말자, 욕심부리지 말자……

박씨가 손수레를 끌고 나타난다.

병두가 그 뒤를 밀어주며 졸졸 따라오고 있다.

박씨　팔자 좋은 신선놀음 하는가.

상철　이제는 직접 나서?

박씨　한푼이라도 더 벌어야재. 몸뚱이 말짱한데 놀면 뭐 하는가.

상철　많이 걷었어?

박씨　그렇지, 뭐.

상철　마나님 알면 또 달려들겠네. 고물상 사장까지 나선다고.

박씨　안 그래도 트럭 주인이랑 한판 하고 있던데. 가서 말려야 하는 거 아니야?

상철　내버려 둬.

박씨　민수 떠난 날이 오늘이당가.

상철　아니. 내일.

박씨 그렇구만……

병두, 상철에게 달려가 검사라도 받듯이 평상 위에 쓰레기 등을 펼쳐 놓자,
상철은 낡은 액자 하나만 골라준다.

병두 민수.
상철 그래. 민수 방에 갖다 둬.
박씨 또 어딜 들어가.
상철 그냥 둬.

병두는 액자를 안고 집 안으로 들어간다.

박씨 (정옥이 닦던 그릇들을 보며) 아이구야, 이거 거울로 써부러야 겠네. 이러다 집안 살림이구 고물이구 다 아작나겠네. 아작나불것어.

정옥, 나타난다.
박씨, 얼른 입을 다문다.
정옥, 집 안에서 나오는 병두와 마주친다.
정옥은 아무 말 없이 꼿꼿이 서서 병두를 쳐다본다.

박씨 (병두에게) 이리 와.

박씨, 손수레를 끌고 이동한다.

병두, 정옥의 시선을 피해 박씨에게 달려간다.

상철, 병두가 어지럽히고 간 평상 주변을 정리한다.

상철   (옆을 두고 앉아) 이리 와서 앉아 봐.

정옥, 돗자리로 가 앉는다.

상철   그렇게 갑갑하면 전화해서 물어봐.

정옥   뭘.

상철   은우든, 정훈이든. 전화해서 민수 어딨는지 물어보라고.

정옥   싫어.

상철   내가 해?

정옥   관둬!⋯⋯ 안 그래도 은우한테 전화 왔었어.

상철   은우? 은우한테 전화가 왔어?

정옥   들었으면서 뭘 되물어.

상철   한 번 안 온대?

정옥   바쁜데 오긴 어딜 와. 집에서 아들 제사 지낼 일 있어? 안
         그래도 다 같이 찾아뵐게요, 했는데 내가 오지 말랬어.

상철   오겠다는데 왜 막아.

정옥   10년이 넘었어. 뭐하러 먼저 간 친구 이고 살게 해.

상철   그럼 뭐하러 말해.

정옥   이젠 전화도 뜸하다고 투덜거렸잖아.

상철   그럼 막지 말든가. 먼저 오겠다는데 왜 못 오게 해……

정옥   오면 또 울기나 하지. 뭐 좋은 게 있다고 얼굴 맞대고들 있어. 한참 일할 나이들인데, 잊어버릴 수 있으면 잊고 사는 게 좋지.

침묵.

상철   결혼은 했겠지?

정옥   누가.

상철   은우 말이야.

정옥   그게 왜 궁금해.

상철   그럼 안 궁금해?

정옥   좋은 사람 생겼으면 갔겠지. 나이가 몇인데.

상철   방실방실 잘 웃는 게 시부모한테도 잘할 거야, 그지?

정옥   왜 미련이야. 탐낼 걸 탐내야지.

상철   누가 뭐래?

정옥   그때 장례식장서도 며느리마냥 끼고 앉아가지고…… 남들이 보면 오해한다구. 누구 혼삿길 막히게 할 일 있어?

상철   얼굴 한 번 보고잡네. 어떤 놈이 데려갔을꼬. 며느리 삼았으면…

정옥   또! 괜히 전화해서 쓸데없는 거 물어보지 마. 눈치 없다고 흉봐. 알았어? (사이) 왜 삐죽거려.

상철   안 삐죽거려.

정옥	근데 왜 대답도 않고 입이 한 대접이나 나와 있어. 내가 틀린 말 했어? 대학 때부터 둘이 친구로 붙어 다닌 역사가 10년이야. 애인도 있는 애를 왜 친구한테 찍어 붙여?
상철	나 혼자 그랬나?
정옥	적당히 했어야지. 그게 부모 맘처럼 돼?
상철	남들이 들으면 웃네.
정옥	싫은 소리 한 번 안 하던 녀석이 짐 가방까지 쌌을 때는 물러서지 않겠단 거야.
상철	남들은 친구하다가 연애도 히고 결혼도 하고, 잘들 그러고 살더구만. 왜 허구많은 여자들 중에서 하필이면 나이도 많고 이상한 그림이나 그리는…
정옥	그만해!
상철	……
정옥	하나 정도는 양보해야지.
상철	……
정옥	하나 정도는, 그랬어야 했어. 아직도 모르겠어?!

정옥, 일하던 것을 급하게 정리하고 집 안으로 들어가 버린다.

상철, 파지 쌓아놓은 것들을 발로 세차게 걷어찬다.

6장

같은 날, 밤.

상철과 박씨, 막걸리 주거니 받거니 하고 있다.
두 사람의 술자리 대화 어디쯤, 가영이 언덕길에서 나타난다.

상철 비가 올 것 같아.

박씨 (얼근하게 취기가 올라온다)

상철 비 내리면 완전 봄이겠어.

박씨 지금은 봄 아니당가.

상철 아니야. 비 한 번 시원하게 쏟아져 줘야 제대로 봄 날씨
가 되지.

박씨 그럼 당장에 쏟아져버렸으면 좋아불겄네. 시방 봄도 아닌
거이 겨울도 아닌 거이 딱 이맘때가 젤루다 싫다니께.

상철 아직도 기다려?

박씨 내가 미쳤당가? 뭐 이쁘다고 집 나간 여편네를 아직까정
기다리는가?

상철 (한잔 들이켠다)

박씨 (뒤이어 한잔 들이켠다) 개나리 미친년마냥 눈치 없이 일찍
피는 것 모냥으로다⋯⋯, 집을 처나갈라면 한여름도 있
고, 한겨울도 있는데, 왜 하필 봄이냐고.

상철 그러게……

박씨 9월, 10월, 11월…… 가을 좋잖아. 바람도 선선허니. 쫌 더 따땃해지면 나가기라도 하지, 씨벌…… 날도 덜 풀려서 추웠을 것인디…… 우리 진이, 추위도 많이 타는 디……

상철 살아있으면 언젠간 만나겠지.

박씨 뭐다…… 나랑 병두한테 들킬까 봐 꼭꼭 숨어버린 인사가 나타나겠는가.

상철 병두는 꼭 보러 올 거야. 자식이잖아.

박씨 착해빠진 소리허네. 그 사람이 왜 나갔당가. 응? 왜 나갔는지 모르는가?

상철 그래, 그래.

박씨 이기적인 여편네. 덜 떨어진 자식 싫다고 나간 여편네가 혼자나 기어나갈 것이지 진이는 와 데불고 나가. 팔자 고치고 살라믄 그것도 짐이었을 텐디. 못돼먹은 여편네. (침 한 번 내뱉는다) …… 일 년만, 딱 일 년만 더 버텨줬으면 좋았자녀. 하긴 그것 참아낸 것도 용하지. 분 바르고 멋 내는 거 좋아하는 여편네가 강산이 한 번 바뀌도록 어둑칙칙한 중늙은이랑 살아부렀으니 것도 용하다면 용한 거겠재. 나가 와 이 일 시작했는지 야기했지라? 여편네가 딸내미까정 데불고 나가부렀는데, 지그 짐들 싹 다 챙겨갖고 나가부렀는데, 아따 온 방 안에 있는 물건들이 시방 뭐다냐. 그래, 추억. 추억이더랑게. 요놈은 딸내미 국민핵교 들어갔을 때 나가 사준 연필 깎기. 요놈은 부부싸움 화끈허게 하고 찢어먹은 거를, 그래도 아깝다고 여편네가 질질 짜면서 꼬매고 앉았던 이불. 또 요놈은 병두 한글 다 깨친 기념으로다 난생 처음 가족 소풍 가서 사갖고 온 효자손…… 그러다보니께 길거리에 나가서도 바닥에 떨어져 있는 쓰레기들이 다 넘들 추억으로 보이더란 말이지. 저것들도 처음에는 주인늘이 살까 말까 고심하고 또 고심해서 어렵게 지갑 열어 산 새 것들이었을 텐디. 한때는 잃어버릴까 봐 귀하고 귀하게 여기던 것들이었을 텐디. 여기저기 사람들 추억 다 담고 있는 그런 것들일 텐디…… 여편네 찾다가 결심했당게. 그려, 나가 다시 새롭게 출발하는 거여. 사람들이 내다버린 것들 모아다가 새 생명 불어넣어주고 나도 허벌나게 돈 벌어가지고 여편네랑 딸내미 데려다가 다시 추억 같은 거 만들며 재미지게 살어야겄다. 바로 나가! 나 박, 일, 석이가! 일전 한푼 없이 다 맨손으로 일으킨 거라니께! 저거, 저 병, 두, 네, 고, 물, 상!

상철 그래, 그래. 장해. 잘했어.

박씨 근디, 고물상 이름을 바꿀까나. 잘못져부렀어. 병두네 고물상이라니까 병두 저 자식도 사람들이 죄다 고물 취급이여. 길바닥에 굴러다니는 못 쓰게 된 고물말여. 쟈가와 고물이여. 좋은 일 하자녀. 넘들이 귀찮아 아무도 하지 않는 일 하자녀. 넘들이 무서워 아무도 하지 않는 충

고도 애새끼들한테 해주자녀. 길바닥에 쓰레기나 버릴
줄 알지 누가 한번을 줍는당가. 담배 꼴아물고 있는 애
새끼들 보면 뒤에서 욕이나 하지 누가 나서 막는당가.

상철   맞아, 맞아.

박씨   그거면 됐지라. 지가 세상에서 최고로다 좋은 일 하는
거지라. (집 쪽을 향해) 근디 와 불쌍한 녀석 무시하고 그
런댜!

상철   누가 무시를 한다고 그래.

박씨   아줌씨도 그러는 거 이너. 위아래로 붙어산 세월이 얼마
여. 쟈가 나쁜 병균 옮기는가. 쟈가 있으면 천장이 무너
져 내리기라도 하는가. 그거 쬐까 들락거린다고 와 쥐
잡듯 그러느냔 말여.

상철   (한잔 들이켠다)

박씨   나가 지켜줄랑게. 지 에미한테 버림받은 놈을 나까정 버
려뿌리면 안 되는 거지라. 지 나잇값도 못하는 모지리지
만 우짜겠노. 그라도 나한테는 하나뿐이 없는 피붙이인
걸. 필요하면 샀다가 필요 없으면 버려뿌리는 쓰레기같
이, 그럴 수는 없는 거지라.

상철   취했네. 들어가 자.

박씨   자야지. 자야지. 움마, 우짜쓸까. 나가 속 시끄러운 사람
앞에서 물장구치고 자빠지고 있었네.

상철   허허허…… 병두 기다려.

박씨   병두. 병두야. 아야, 병두야아. 애비가 부르는데 안 나와

보냐! 병두야!

상철   동네 사람 다 깨겠네.

박씨   내 새끼 병두야. 지 에미한테도 버림받은 불쌍한 놈에 새끼…… 지 동상도 안 찾아오는 불쌍한 놈에 새끼……

박씨, 꾸벅거리더니 존다.

상철   기다릴 수 있는 것도 복이네, 이 사람아. 내가 말이야, 봄이 돼도 봄이 아니야. 영원히 봄을 잃어버린 기분이라구. 남들은 봄이라고 산이고 들로 나가서 나무도 심고 꽃도 심고 하는데 가슴팍에 아들놈 묻고 그날로 봄은 사라져 버렸어.

병두, 자다 깼는지 갈지자로 언덕을 내려오고 있다.
언덕길 끝자락에 앉아있던 가영과 마주친다. 가영, 일어난다.
병두, 빤히 가영 얼굴을 쳐다본다. 기억이 잘 나지 않는지 두어 번 돌아보며 마당으로 들어선다.

상철   병두 왔네. 일어나 봐. 이봐. 이봐! 병두가 자네 데리러 왔어. 들어가서 편히 발 뻗고 자.

박씨   병두? 병두 왔어? 울 아들내미 왔어? 야 이놈아. 꼭 애비보다 먼저 죽어야 한다, 알겠냐……?

병두   (눈 비비며 멀뚱거리고 서 있다가) 네.

상철　　…… 쓸데없는 소리 말고 들어가 자.

박씨　　그려. 그려. 아따, 시방 땅이 막 올라와부리네.

박씨, 비틀거리며 마당을 나선다. 골목 귀퉁이에 오줌을 싼다.

가영, 고개 돌려 피한다.

박씨, 빤히 가영 얼굴을 쳐다본다. 그냥 지나쳐 간다.

박씨　　(언덕길에서 상철을 내려다보며) 한잔 더 하까아?

상철　　(손을 휘저으며) 못 써. 들어가.

박씨　　(알았다고 손 인사한다)

가영, 마당 앞으로 걸어간다.

상철　　누구요?

상철, 불빛에 가영의 얼굴이 드러나자 멀뚱히 바라만 보고 있다.

언덕길을 오르던 병두, 그제야 기억이 떠오른 듯

병두　　민수! 민수 애인!

상철　　자네 때문에 저 인사 속이 시끄러웠던 거구만.

가영　　……

두 사람의 기운이 팽팽하다.

가영, 시위라도 하듯 상철 앞에 무릎 꿇는다.
곧이어, 박씨가 언덕길을 뛰다시피 내려온다.
병두도 그 뒤를 따라 내려온다.

박씨   그려. 어디서 본 듯하더니만 민수 갸가 결혼허겄다고 데
불고 온 처자여. 맞지?

병두, 가영에게 인사한다.

박씨   아따, 뻔뻔시러운 건 예나 지금이나 똑같네. 뭐 한다고
이제 와서 얼굴 들이미나 나가 그 낯짝 구경하려고 뛰어
왔당게. 아까분 술이 다 깨버리네.

병두, 자기 머리를 딱딱 때린다.

박씨   결혼 허락해달라고 몇 날 며칠을 동네 부끄럽게 여가 무
릎 딱 꿇고 앉아있더만, 또 뭣땀시 찾아와서 또 이러코
롬 앉아 남의 속에 불을 지른당가? 넘의 집 귀한 자식 잡
아먹었으면 됐지, 또 뭘 내놓으라할라고! 시방 사과할라
고 왔는가? 이렇게 고개 빳빳이 들고 하는 사과도 있는
가? (상철에게) 꿀 먹은 벙어리여? 왜 한 마디도 안 거들고

입 닫고 있는 거여. 소금이라도 한 바가지 퍼와서 확 뿌려버리등가 하랑게. 병두야. 너 집에 올라가서 소금 좀 갖고 와라. 아예 푸대자루 채 갖고 와부러!

병두, 또 다시 자기 머리를 딱딱 때린다.

박씨   애비 말 안 듣냐!

상철   (병두에게 올라가라고 손을 휘젓는다)

박씨   죽은 사람은 그러코롬 버려도 되는 줄 아는가? 죽은 사람은 아무것도 모르니께 함부로 해싸도 되는 줄 아는가? 그라도 결혼꺼정 헐 남자였는디 어떻게 생겨먹은 인간이 장례식장에 얼굴 한 번을 내비치지 않는당가. 응? 얼매나 강철 겉은 심장 갖고 있으믄 그리할 수 있느냔 말이여. 응? 응?

상철, 입을 굳게 다물고 있다.
가영, 역시 듣고만 있다.
병두, 박씨를 잡아끈다.
박씨, 뒤늦게 자신이 낄 자리가 아님을 인지한다.

박씨   (바닥에 침 타악 내뱉으며) 못돼먹은 인간 같으니라구. 독하디독한 거를 뭐가 좋다고…… 불쌍한 놈에 새끼.

박씨, 병두에게 이끌려 마당을 나선다.

박씨   불쌍한 놈에 새끼들. 불쌍한 놈에 새끼들……

잠잠해질 때까지 상철은 기다린다.

상철   일어나시게.

가영, 고집스럽게 앉아있다.

상철   무릎 망가지네. 일어나.

가영   어머님이 오지 말라고, 다신 오지 말라고 하셨어요. 그런데, 부탁입니다. 민수 씨한테 마지막으로 인사 한번 하게 해주세요. 어머님도, 민수 씨 친구들도 그 사람이 어디에 있는지 아무도 말을 해주질 않습니다.

상철   우리도 몰라.

가영   다시는 찾아오지 않겠습니다. 민수 씨한테도 다시는 찾아가지 않겠습니다. 딱 한 번만, 마지막으로 딱 한 번만 만날 수 있게 해주세요. 꼭, 해야 할 말이 있습니다. 부탁드립니다.

상철   진짜 모르는구만. 아무것도 모르고 왔어.

상철, 담배 하나 꺼내 문다.

상철	13년을 숨죽이고 살다가 왜 갑자기, 이제 와서 할 말이 생겼는가.
가영	결혼합니다.
상철	허!
가영	결혼하기 전에 꼭 만나러 가고 싶었습니다.
상철	정말로, 변한 게 하나도 없구만.
가영	……
상철	…… 아직 결혼도 안 하고 있었는가.
가영	네.
상철	이제는, 사람을 만난 거구만.
가영	…… 네.

담배가, 모두 타들어 간다.

상철	그거면 됐네. 그 정도 시간을 안고 살았으면 됐어. 잊고 살아. 민수한테 인사하고 사과하고 그래야 마음 편히 결혼할 수 있겠지만, 그 부탁은 못 들어주네. 아니, 들어줄 수도 없어. 속 좁은 인사다, 그냥 욕 한 번 하구 가게나. 다 잊고 살아. 애 엄마 말처럼 다신 찾아오지 말고. 그것이 우리 내외 도와주는 일 아니겠나.

상철과 가영, 두 사람 모두 움직임 없다.

상철 이해 안 되겠지. 그게 뭐라고, 무슨 큰 비밀이라고 노인 네 둘이 입 꾹 다물고 있는지 죽었다 깨나도 이해 안 되 겠지. 그런데 나도 자네가 이해가 안 되네. 내가 아무리 모질게 박대했다고 어떻게 끝까지 와보지도 않는가. 그 래도 우리 민수가……, 기다리고, 기다리고 있었을 텐데. 아무리 내가 미워도, 왔다가 설령 모진 일을 당해도, 자 네는 우리 민수, 그리 보내면 안 되는 사람 아닌가.

가영 잘못, 했습니다. 잘못 했습니다. 잘못했습니다. 잘못했습 니다……

가영, 끝도 없이 잘못했다는 말을 반복하다 결국 눈물이 터진다.

상철 처음에는 오기만 하면 내쫓는다고 벼르다가, 시간이 지 나도 안 보이니 미워지다가, 나중에는 내가 자네를 기다 리고 있더구만. 원망이 쌓일수록 오히려 자넬 이해하려 고 노력하고 있더라구. 무슨 사정이 있었겠지. 말 못 할 이유가 있었을 거야. 내가 그렇게라도 하지 않으면 버텨 지질 않을 것 같아서…… 자네도 13년을 지옥에서 살았 겠지. 이제 그쯤 했으면 됐어. 꼭 찾아가서 할 말 뱉지 않 아도 민수 그 아이는 자네 마음 다 알 거네. 그러니까 이 제 우리, 편안하게 내버려 둬. 자네가 우리한테 들을 수 있는 말은 아무것도 없다는 걸 모르겠나?

가영   ……

상철 자식 잃은 부모가 염치도 없이, 그래도 살아보겠다고 아들 유골까지 친구들한테 맡기고 이때껏 버티고 있네. 우린 민수가 어디에서 어떻게 갔는지도 몰라. 그러고도 배고프면 밥 처먹고 졸리면 잠자고 이따금 웃기도 하면서 아주 자알 살고 있어.

상철 우리 내외, 그저 내버려 둬어.

가영 ……

가영, 일어나서 고개 숙여 인사한다.

가영 다시는 찾아오지 않겠습니다.

상철 그래도.

가영 ……

상철 잘 사시게. 내가 왜 하필 자네여야 하냐고 물었더니 우리 민수가 그래. 내가 지켜줘야 하는 여잡니다…… 우리 아들도, 이젠 맘 편히 쉬겠구만. 부탁이네. 잘 사시게.

가영, 마당을 나선다.

상철, 혼자다.

일기장 넷

"한 지붕 아래 살면서 마주 앉아 밥 먹은 지가 일 년이 넘었다.
무슨 음악을 하겠다고 좋은 직업 때려치우고 학교를 나오더니
이젠 밤 12시가 넘어야 현관문 열리는 소리가 난다.
오늘은 마침 집에 있길래 애기 좀 하자고 했더니
방문 걸어 잠그고 종일 나오지도 않는다.
고등학교 땐가, 처음으로 음악을 하고 싶다 했을 때
무리를 해서라도 시켜줬어야 했다는 생각이 들었다.
그도 아니면, 다시 시작하고 싶다 말했을 때라도
허락을 해줬어야 했다는 생각도 들었다.
나는 무릎 꿇은 어린 딸 앞에서 등 돌아 누워버렸고
아가씨가 된 딸 앞에선 인연을 끊어버리자 말했다.
십 년이 지나도 꿈을 접지 못하는 애가 무슨 잘못인가.
가난이 죄고 내 욕심이 죄다.

_ 김덕만 씨의 일기 中 / 20××년 3月 17日

7장

나흗날, 이른 아침. 민수 기일.

금방이라도 비가 쏟아질 듯 날이 궂다.
상철은 새벽부터 일어나 꼼짝 않고 일기장만 읽는 중이다.
정옥이 빈 손수레를 잡고 서 있다.

정옥   안 나가?

상철   (대답 없다)

정옥   나 혼자 나가?

상철   (대답 없다)

정옥   귀한 시간, 며칠 내내 거기 앉아 뭐 하는 거야? 일 안 해?

상철   (대답 없다)

정옥   상 차려 놨어. 아침이라도 먹어.

정옥, 직접 빈 손수레를 끌고 마당을 나서 골목으로 사라진다.

시간이 흐른다.
병두가 간간이 마당 주위를 돌지만, 상철에게 다가가지 못하고 그냥 돌아간다.
박씨가 지나가고, 멀리서 고물 수거 차량이나 청과물 장수의 확성기 소리가 지나가도 상철은 움직임이 없다.

마치 시간을 초월한 신선처럼 보이기도 하고 감정이 없는 마네킹처럼 보이기도 한다.

정오.

정옥이 손수레를 끌고 들어온다. 손수레 안이 부실하다.

상철은 여전히 움직임 없고 정옥은 필요 이상으로 분주하게 일한다.

정옥　밥 먹읍시다. (사이) 상 들고 나올까? 아침상도 그대로던데, 배 안 고파?

정옥, 대답 기다리지 않고 집 안으로 들어가 밥상 들고 나온다.

상철의 손에 수저 쥐여주고 밥 위에 반찬도 얹어준다.

정옥　상전이 따로 없네.

상철, 한 손에 수저를 쥔 채 일기장만 보고 있다.

정옥　굶어 죽을 거야? (수저 뺏으며) 먹기 싫음 말어. 아직도 쌀 없어 배곯는 사람들이 천지야.

정옥, 씩씩하게 밥 먹는다.

정옥 다 읽고 나면 저기 박스들이랑 한데 모아서 박씨한테 넘겨줘. 그냥 버리든가.

상철, 그제야 고개 든다.

정옥 또 집에다 박아놓을 생각 말라구. 미련 떨면서 쌓아둔 게 민수 방에 한가득이야.

정옥, 수저 놓는다.

사이.

정옥 (하늘을 올려다보며) 금방 쏟아지겠네⋯⋯

정옥, 밥 먹다 말고 고물들을 정리한다.
상철, 느릿느릿 평상 앞으로 엉덩이 밀고 나와 정옥을 빤히 바라보다가

상철 이거, 주인을 찾아줘야 할 것 같아.
정옥 뭐라고?
상철 이 공책, 주인 찾아줘야 할 것 같다구.
정옥 그게 뭔데.
상철 일기도 있고, 그림도 있고⋯⋯

정옥	그럼 일기장? 애기들 쓰는 거?
상철	아니. 노인네가 쓴 거야.
정옥	늙은이가 그림일기를 써? 노망난 늙은이야?
상철	뭐?
정옥	이발소 김씨 아부지도 노망나더니 연필이든 뭐든 쓸 것만 보이면 아무 데나 그림 그리더래. 막 사방에다가…
상철	사람 정말 못 쓰겠네. 무슨 말을 그렇게 해? 알지도 못히면서 함부로 말하는 거 아니야! 언제 봤다고 노망났대!
정옥	그게 그렇게 화낼 일이야?
상철	잃어버린 거야. 애기들 쓰는 그런 거 아니야. 노망난 늙은이가 장난질한 거 아니야.
정옥	그래서. 그게 뭐.
상철	찾아줘야겠어.
정옥	누군 줄 알고.
상철	병두가 주위왔어.
정옥	그럼 병두더러 주운 데에 갖다 놓으라고 해.
상철	그놈이 그걸 기억하겠어?
정옥	주운 놈도 기억 못 하는 걸 무슨 수로 찾아줄 건데.
상철	찾아줘야 해.
정옥	새벽부터 입 닫고 앉아 사람 속을 뒤집어 놓더니 입 열자마자 무슨 헛소리야?
상철	찾아줘야 해.
정옥	글쎄, 어디서 주위온 줄 알고 찾아주겠다는 거야. 또 쓸

데없는 데 시간 쓰고 힘쓰고 다닐 생각이야?

상철   병두가 설마 서울서 주워왔겠어, 강원도에서 주워왔겠어. 그놈 다니는 길 뻔한데. 늙은이 한 명 찾는 게 뭐가 그리 어려운 일이라고…

정옥   (상철 말을 자르며) 낙서하고 버린 거 가지고 유난 떨지 마. 그냥 쓰레기야.

상철, 정옥에게 일기장을 보여주며.

상철   이것 좀 봐봐.

정옥   일해야 돼.

상철   여기에 그 노인네 인생이 적혀있는데, 이게 어떻게 쓰레기야.

정옥   이 사람이 왜 이래?

상철   분명히 어디서 흘러나온 거야. 한 번 보라니까?

정옥   뭐 하는 거야? 저리 치워.

상철   "시집도 못 보낸 딸이 혼자 산다고 나가버렸다. 나는 더 이상 너하고는 못 살겠다. 계속 멋대로 살 거면 연 끊자. 모진 말 몇 마디 던진 것 때문에 붙잡지도 못했다."

정옥   치우라니까.

상철   "고등학교 땐가, 처음으로 음악을 하고 싶다 했을 때 무리를 해서라도 시켜줬어야 했다. 십 년이 지나도 꿈을 접지 못하는 애가 무슨 잘못인가. 가난이 죄고, 내 욕심이 죄다!"

정옥 (파지 정리하며) 하늘에서 금방 쏟아부을 것 같아. 빨리 들여놔야 안 젖지.

상철 이 노인네, 딸년이 자기 말 안 듣는다고 자기도 귀 닫고 살았던 거야. 명절 때고 언제고 온 식구들이 다 모이는데 시집도 못 간 년이 코빼기도 안 보인대.

정옥 오늘 보니까 모르는 얼굴들이 더 늘었어. 동네가 온통 리어카 끌고 다니는 노인네들 천지야. 이제 같이 나가야지, 나 혼자선 힘에 부쳐서 싸움도 안 돼.

상철 이리될 줄 알았으면 그냥 지 하고 싶은 대로 살게 둘걸, 후회했을 거야, 그지?

정옥 그래서, 뭐!

상철 딸년한테 미안하대. 힘들 때 등 돌려서 미안하대.

정옥 안 그런 부모 있어? 근심 걱정 없는 집이 어딨어. 다 그렇게들 살아.

상철 부모자식이 일 년에 얼굴 한 번 볼까 말까 한대. 그게 정상이야?

정옥 딸이 나쁜 년이네.

상철 엄청 해댔겠지. 쥐 잡듯 달달 볶았겠지.

정옥 글쎄, 내가 남의 가정사를 왜 알아야 하는데.

상철 진짜 몰라서 그러는 거야, 모르는 척하는 거야.

정옥 이게 무슨 쓸데없는 오지랖이야. 왜 남이 내다 버린 거 갖고 사람 성가시게 해? 그냥 폐지라니까. 재활용 쓰레기. 고물!

상철　이런 걸 누가 버려! 어떤 미친놈이!

정옥　버릴 만하니까 버렸겠지. 그렇게 중요한 거면 함부로 흘리겠어?

상철　우리는.

정옥　뭐.

상철　우리는. 중요하지 않아서 민수 흘려보냈어?

사이.

정옥　여기서, 민수 얘기가 왜 나와.

상철　사람들이 다 자네 같은 줄 아는가. 중한 것 아닌 것 구분 못 하고 막 아무 데나 갖다 버리는 줄 알아?

정옥　민수 얘기가, 왜 나오냐고.

상철　공책에 써진 것들이 노인네가 세상에 남긴 마지막이면 어쩔 건가. 자식 놈이 영영 지 아부지 마음도 모르고 살게 되면 어쩔 거야.

정옥　어떻게 이따위 공책이랑 민수를 비교해.

상철　찾아줘야지. 찾아줘서 풀어줘야지. 어떤 맘인지 아는데 모르는 척해?

정옥　어떻게 이따위 거하고 우리 아들하고 비교를 해, 감히. 니가.

정옥, 방으로 들어가 고물들을 안고 나와 마당 위에 쏟아놓기 시작한다.

마당 위에 쌓이는 고물들.

상철, 그저 보기만 할 뿐 말리지 않는다.

박씨와 병두, 소란스런 소리에 나와 보지만 가까이 가지 못하고 멀찍이서 지켜본다.

정옥 생때같은 자식 놈 잃어버리고 이따위 것들은 왜 쌓아둬. 그럼 내가 당신 불쌍하다, 생각할 것 같아? 다 갖다 버려. 쓰레기 채워 넣는 것도 부족해서 이젠 내 아들이랑 비교를 해? 내가 그때 하나는 양보하자고 했지. 나는, 그 여자가 마음에 들어서 입 다물고 있었는지 알아? 나는?! 어디 시골에서 노래나 듣고 시나 쓰면서 살아야 되는 놈 떠밀어서 지가 원하지도 않는 인생 살게 했으면 하나 정도는 양보해야 한다고 했지. 그래도 숨은 쉬게 해줘야 한다고 했지! 무슨 대단한 며느리 덕을 보겠다고 아까운 자식 놈을 잃게 만들어. 왜 밖으로 돌게 만들어서 금쪽같은 내 새끼를 길바닥에서 죽게 만들어. 싹 다 버려. 모조리 갖다 버려, 당장!

놀란 병두가 상철에게 다가가려고 하자 박씨는 못 가게 막는다.

병두 엄마, 아빠, 싸운다. 싸우지 마라. 싸우면 나쁜 사람입니다. 엄마, 아빠, 싸우지 마라.

정옥　누가 니 엄마야!

병두　……

박씨, 거칠게 병두를 잡아끌고 언덕을 오른다.

상철, 일기장을 손에 쥐고 마당을 나온다.

하늘이 시커멓다.

8장

같은 날, 밤.

비가 내리기 시작한다.
멀리서 구급차의 사이렌 소리가 바쁘게 지나간다.
마당은 정옥이 쏟아놓은 고물들로 어지럽다.
정옥은 핸드폰을 꼭 쥔 채 평상 위에 꼿꼿이 앉아 그대로 비를 맞고 있다.
박씨가 마당으로 들어선다.

박씨   비 오시는데 거 앉아있습니까.

정옥   어떻게 됐나요.

박씨   사람들이 다친 모양입니다.

정옥   ……

박씨   김씨는 천만다행으로 거가 없었소. 지나가던 사람 몇이 축대 무너지면서 자빠진 모양인데 불행 중 다행으로다 크게 다친 것 같진 않고……

정옥   네……

박씨   온종일 돌아댕기는 게 직업인 사람이 별일이야 있겠습니까.

정옥   들어오겠죠.

박씨, 어수선한 마당을 치워준다.

정옥　　그냥 두세요. 제가 해요.

박씨가 손을 놓지 않자 정옥은 그제야 움직여 함께 정리한다.

박씨　　전화기는 아직도 꺼져있습니까.

정옥　　네.

박씨　　멋으로 들고 다니는 거라두 생전 꺼놓는 일은 없는 사람인데, 밧데리가 나가부렀나.

정옥　　미안합니다.

박씨　　나한테 미안헐 게 뭐요.

정옥　　종일 일도 못 보시고…… 이것들도 내일 깨끗하게 정리해서 갖다 드릴게요.

박씨　　김씨가 내준답디까.

정옥　　이까짓 거 둬서 뭐한대요. 사장님 가져가세요.

박씨　　언제처럼 헐크마냥 변해서 쳐들어오면 나가 우째 감당허라구. 남이 내다 버린 거 모아다 먹고 살아도 아무거나 팔진 않습니다.

정옥　　미안합니다.

박씨　　민수 어머니.

정옥　　……

72

박씨	잘 허셨소. 아 보내놓고 두 내외, 암일도 없는 거만치롬 울음소리 한 번을 안 내고 살더니, 고거 쪼까 터지는데도 10년이 넘게 걸려부렀소. 그래도 말입니다. 내 한 마디만 거듭시다. 아줌씨. 김씨가 뭔 죄요. 사고지. 그냥 커다란 교통사고였지. 그 인사, 지 아들 어데 뿌려졌는지도 모르고 10년을 벙어리 냉가슴으로 보냈소. 아들놈이 쓰던 물건이라도 지 손으로 태워 보내줬어야 안 허요.
정옥	멀쩡한 걸 왜 태워요. 필요한 사람이 갖다 쓰는 게 낫지.
박씨	그럼 나한테라도 맡겨두든지. 닦고 또 닦고 선물 포장하는 것마냥 이쁘게 잘 싸놓더니 왜 그걸 딴 동네까지 들고 가서 놓고 온다요. 김씨가 기겁을 해가지고 쫓아갔는데 그게 남아있나. 금방 집어가지…… 그라지 말고, 민수 친구들한테 전화 넣어서 민수 보내준 데 물어보는 게 안 낫겠소.
정옥	아직은 아니에요.
박씨	독하기도 하요. 그 맘 내가 모르는 건 아닌데. 그 사람, 미친놈마냥 매일 찾아가 가슴 터지게 울어싸도 차라리 그게 낫지 싶습니다. 민수 방에 고물들 쌓이는 거 언제까지 보고만 있을라요. 아줌씨가 아무리 잔소리 혀도 김씨 못 말리지라.
정옥	……

빗줄기가 점점 굵어진다.

박씨	야는 어디까정 가서 안 들어온댜. 빗줄기 굵어지는데……

병두가 나타나 마당으로 들어선다.
정옥, 벌떡 일어난다.
병두, 박씨 뒤에 숨는다.

박씨	없냐.
병두	아빠, 없습니다. 아무 데도, 없습니다……
정옥	이제 들어가세요.
박씨	아줌씨도 들어가서 기다리시요. 계속 비 맞고 있다간 감기 들겠소. 아침까정 안 들어오면 그때 경찰에 신고합시다.
정옥	들어오겠죠.
박씨	혹시 민수한테 간 건 아닌지 모르겠네. 그 인사, 혼자만 알고 호박씨 까고 있었던 건 아녀?
정옥	아니에요. 그건 아니에요. 어서 들어가세요. 병두도 피곤하겠네.
박씨	새벽에라도 들어오면 전화 주시요.
정옥	네.

박씨, 병두를 데리고 마당을 나선다.
두 사람이 보이지 않자 정옥, 무너지듯 주저앉아 얼굴을 감싸 쥔다.

비, 제법 세차게 쏟아진다.

집으로 들어갔던 병두가 우산을 들고 와 정옥을 받쳐준다.

정옥이 우산을 받아들자, 같이 들고 왔던 박스를 평상 위에 깐다.

병두, 머뭇거리다가 박스 위에 쪼그리고 앉는다.

정옥, 우산을 들고 병두와 함께 쓰고 앉는다.

정옥과 병두는 함께 상철을 기다린다.

암전.

무대 밝아지면, 비는 어느새 그치고 새벽이다.

병두는 정옥이 덮어준 담요를 끌어안고 졸고 있다.

정옥은 그대로 앉아있다.

상철이 초췌한 얼굴로 마당에 들어선다. 한 손에는 일기장을 들고
있다.

정옥   병두야, 병두야. 일어나. 아빠 왔어. 이제 집에 들어가서
자자.

병두   (비몽사몽) 아빠……? 아빠……

병두, 상철을 보더니, 잠결에도 울음이 터진다.

정옥   울지 마. 아빠 왔으니까 걱정 말고 집에 가서 자. 감기 들
면 고생해.

병두, 정옥이 말을 거역 못 하고 마당을 나서지만, 자꾸만 뒤돌아
본다.
상철이 들어가라 손을 휘저으며 고개 끄덕이자 그제야 언덕을 올
라 집으로 간다.
상철은 병두가 앉았던 자리에 앉는다.
노부부는 나란히 평상에 앉아 앞만 바라본다.

정옥	밥은.
상철	됐어. 그놈의 밥 타령은.
정옥	어디까지 간 거야.
상철	돌다리……
정옥	멀리도 갔네.
상철	들어가서 자지 않고 여서 뭐해.

정옥	가영이 왔었어.
상철	…… 알아……
정옥	그래……
상철	알아?
정옥	응. 다신 오지 말래니까 그새 또 왔지.
상철	쉽게 포기가 되나, 그 고집에.
정옥	(웃는다) 그러게.

상철, 따라 웃는다.

상철   근데 왜 가만있었어.

정옥   …… 해마다 은우한테 찾아갔었대, 가영이가. 하긴…… 무슨 낯짝으로 우리한테 올 수 있었겠어. 근데 은우가, 민수 어디에서 보내줬는지, 끝까지 알려주지 않은 모양이야…… 난 기억도 안 나는데, 내가 혹시라도 가영이한테 연락 오면 절대 말해주지 말라고 했었대…… 내가, 죄가 많아.

상철   ……

정옥   몰랐대. 민수 가고 한 달이나 지나도록 몰랐대. 여자한테 미쳐서, 짐 가방까지 싸들고 쫓아 내려가 둘이 있다가 그런 줄 알았더니…… 가영이, 그 애가…… 부모랑 연 끊으면 안 되는 거라고 문 닫고 안 만나 줬었나 봐. 한 달이나 지나고 그걸 알았으니, 기가 막히지……

상철   ……

정옥   당신, 이상한 생각하지 마.

상철   안 해.

정옥   그래.

상철   결혼한다네.

정옥   해야지. 나이가 몇인데.

상철   안 서운해?

정옥   안 서운해.

짧은 침묵.

정옥 이유는 잘 모르겠지만, 가영이는 알아야 한다고 생각했어. 불쑥 찾아온 그 날, 얼굴을 보니까. 이런 얘기 들으려고 그랬나……, 이상스레 맘에 걸리는 거야. 그래서 은우한테 연락해서 물어봤어. 우리 민수 어딨는지.

상철 ……

정옥 안 궁금해?

상철 안 궁금해.

정옥 요전 날, 민수한테 다녀온 거야. 말해줘?

상철 됐어. 나중에.

짧은 침묵.

상철 잘 있지?

정옥 응.

짧은 침묵.

정옥 아니, 몰라……

상철 ……

정옥 은우가, 갑자기 우는 거야. 그래서 만나러 갔어. 나중에 당신한테 말을 할 때 하더라도 우선 나라도 알고 있어야 할 것 같아서. 우리가 살면 얼마나 더 살겠어. 죽기 전에 한 번은, 우리도 가봐야 할 거 아냐. 그런데 만나서도 자꾸 은우가 울어. 울기만 해. 민수 어디에 뿌려줬는지 물어보니까 자꾸 죄송하다는 거야. 겨우 달래서 같이 가봤더니……

짧은 침묵.

정옥 없어졌더라구.

상철 ……

정옥 애들이 민수 보내준 곳에 리조트인지 호텔인지, 건물 하나가 서 있어. 어디쯤이냐고 물었지. 너무 많이 변해서 은우 지도 알 수가 있나. 그래도 여만치쯤 되는 것 같다고……

상철 ……

정옥 그리될 줄 알았나. 그동안 지네들은 또 얼마나 속 태우고 있었겠어. 그러니 연락도 한동안 못하고 있었던 게지. 계속 우는 애한테 괜찮다고 말해줬어. 민수가 경치 좋다고 생전에 좋아했던 곳이래. 그래서 잘했다고…… 말해줬어.

상철 가영이, 암것도 모르고 가길 잘했네.

정옥 울어?

상철 아니.

정옥   나 잘못한 거야?

상철   아니. 잘했어. 나도 가영이한테 잘 살라고 말했어. 잘했지?

정옥   응. 잘했어.

상철, 일기장만 만지작거린다.

정옥   이리 줘봐.

상철   뭘.

정옥   그거 이리 줘보라고.

정옥은 상철에게 일기장을 건네받아, 한 장 한 장 펼쳐본다.

정옥   꼼꼼한 양반이네. 주인 이름은 알아?

상철   뒷장에 김덕만이라고 이름 하나 있는데 주인 이름인지
는 모르지.

정옥   그럼 주인 이름이겠지. 우리 나이쯤 됐겠네.

상철, 고개 끄덕인다.

상철과 정옥, 고개 숙여 묵묵히 일기장을 함께 본다.

노부부는 오랫동안 고개를 들지 못한다.

일기장 다섯

"지난주까지 옆자리에 앉아 붓을 놀리던 고복남이가
몸이 아파 며칠 쉬어야겠다, 하더니 다시는 일어나지 못했다.
복지회관 서예반 회원들과 장례식장을 찾았다.
장기 기증 신청을 해놨는데 발견이 늦어 다 틀렸다고 한다.
자식들이 저리 많은데 왜 좋은 일이 허사가 됐는지 안타깝기 그지없
다.
늙어빠진 몸, 또 어디에 써먹을 데가 있다고 그런 신청을 하는가 생
각했는데
돌이켜보니 아직 이 세상에 쓸모가 있다는 위안을 받고 싶었는지도
모르겠다.
집에 돌아오는 길로 마누라를 설득해 장기 기증 신청을 하기로 했
다."

_ 김덕만 씨의 일기 中 / 20××年 2月 24日

9장

정오. 민수 기일 다음 날.

상철과 정옥은 손수레를 끌고 마당을 나선다. 나들이하듯 예쁘게
옷을 입었다.
박씨, 골목에 서 있다.
병두, 돌아다니며 쓰레기를 줍고 있다.

박씨 진짜 가? 진짜루 찾아준다구? 밤새 한잠도 못 자고 또
어딜 나선당가.

상철과 정옥, 손수레를 끌고 길 나선다.

박씨 (가로막고 서서) 봄이라도 바람은 아즉 차다니께.
상철 날 뜨거울 때 헤매고 다니라고?
박씨 지금 나서면, 주인이 기다리고 섰어? 무슨 수로 찾아준
다는 거야.
상철 병두 데려가면 되지.
박씨 믿을 사람을 믿어야재. 밥 처먹고 돌아서면 지가 뭘 먹
었는지도 기억 못 하는 눔이 이걸 어째 찾아준당가.
상철 병두 다니는 길, 같이 돌아다녀 보면 돼.

박씨	아줌씨까정 왜 거든다요. 말려야재, 같이 따라 나선답니까?
정옥	쉬엄쉬엄 물건 걷으러 다니면서 찾아보면 돼요.
박씨	노인네들 고집 못 말리겠네.
상철	얼른 비켜서.
박씨	잠깐만 기다려보드라구.

박씨, 고물상 쪽으로 바쁘게 걸어간다.

상철	같이 나서려나?
정옥	어제도 일 못 봤어. 가게 비우고 어떻게 그래. 괜히 허튼 소리 하지 마.
상철	안 해.

멀리서 고물 수거 차량의 확성기 소리, 희미하게 들린다.
병두, 귀신같이 알아듣고 반응한다. 확성기 소리와 정옥이 사이에서 갈팡질팡한다.
정옥, 박스에 이것저것 담아 테이프로 잘 봉해서 병두에게 쥐여준다.

정옥	어여 가서 엄마한테 선물 보내야지.
병두	(못 받고 머뭇거린다)
상철	감사합니다, 하고 받으면 돼.

병두　　감사합니다.

병두, 꾸벅 인사하고 박스 받아 소리 나는 방향으로 뛰어나간다.
박씨, 확성기 하나 들고 언덕길을 내려오고 있다.

박씨　　(병두에게) 또 발정난 강아지마냥 저 지랄이네. 아빠랑 공
　　　　책 찾아줘야지. 아야, 병두야! 어디로 내뺀다냐! (상철에게)
　　　　우쩨. 뭐 도움이야 눈곱만치도 안 되는 놈이지만, 그래도
　　　　혹시 모르는 건디……

상철　　괜찮아. 병두 다니는 길, 내가 다 알아.

박씨　　(확성기 하나 건네주며) 받어.

상철　　이게 뭐야?

박씨　　거 일일이 대문 두드릴 수는 없는 노릇이고 여다 대고
　　　　말하라고. 천 리까지 다 들린당께.

상철　　시끄럽게 어찌 그래.

박씨　　하루에도 몇 번씩 장사치들 떠들어대며 돌아다니는데,
　　　　이거 하나 더 없다고 큰일 안 나부리네.

정옥　　병두 아버지 말이 맞네.

상철, 성능을 시험해 본다. 먹통인 듯싶더니 곧 삐익, 소리를 낸다.

박씨　　아줌씨도 새벽까정 앉아있어서 무릎이고 허리고 허벌라
　　　　게 아플 것인디.

정옥	일해야 아픈 것도 낫는 팔자네요. 움직여야 더 빨리 나아요.
박씨	같이 다녀주고 싶은디 오늘은 자리를 비울 수가 없네.
정옥	괜찮아요. 일하는 사람이 어딜 또 비우고 다닌대요. 그럼 안 돼요. (상철에게) 갑시다.

상철과 정옥, 나란히 손수레를 끌고 걸어간다.

박씨	된장국 맛있게 끓여놓고 기다릴게. 오늘은 따땃허니 같이 밥 먹자구. 아줌씨도 꼭 같이 오시요.

상철, 고개 끄덕인다. 정옥도 고개 끄덕인다.
박씨는 노부부의 모습이 사라질 때까지 지켜보고 서 있다.

익숙한 음악 소리 지나간다.
상철의 하모니카 소리와 닮아있다.

10장

같은 날. 동네 골목.

확성기를 통해 상철의 웅얼거리는 목소리 들린다.
상철이 손수레를 끌고 나타난다.

상철   (확성기에 대고) 공책 주인을 찾는데……, 저기, 일기장 잃
어버리신 분 계십니까…… 그니까 이게 어떻게 나한테
왔냐, 하면은……

상철, 웅얼거리다가 뒤돌아본다.
정옥, 뒤처져서 따라오고 있다. 걸음이 느리다.

상철   무릎 많이 아파? 내일 나설 걸 그랬나?
정옥   뭐라고 하는지 하나도 못 알아듣겠네.
상철   뭐가.
정옥   모기가 윙윙거린다고. 이리 내.

정옥, 확성기를 건네받고 마이크 시험하듯이

정옥   아, 아! 아, 아! 마이크 시험 중. 마이크 시험 중. 아, 아!

상철   이야……

정옥   잘 들려?

상철   응. 귓구녕 터져.

정옥   것도 이리 내.

정옥, 일기장도 건네받고.

정옥   공책 주인을 찾습니다아! 김덕만이! 김덕만이 아시는
         부운!

상철   허허허……

정옥   공책 주인 찾아요오! 공책 잃어버리신 부운! 나중에라도
         공책 잃어버렸다는 할아버지가 나타나면 전화 주세요.
         공일공 칠삼일이 일삼이팔.

상철   왜 남의 번호를 함부로 공개해?

정옥   그럼 내 번호 대?

상철   아니.

정옥   공일공 칠삼일이 일삼이팔! 공책 잃어버리신 분을 찾습
         니다아!

상철   이봐. 저기, 이봐!

정옥   왜. 당신이 할 텐가?

상철   아니. 여 앉아봐.

정옥   어디?

상철   (손수레 안을 가리키며) 여 들어가 앉아 노래라도 한 곡조 뽑

아빠. 사람들이 가수 났다고 금방 몰려오겠네.

정옥   또 신소리 한다.

상철   들어가 앉어. 무릎 아파서 더 걸으면 못 써.

정옥   남사시럽게…… (사이) 안 무거울까?

상철   마누라 밀어줄 힘은 있네.

정옥   (손수레에 들어가 앉으며) 이러고 나 박씨한테 넘기는 거 아니야?

상철   그것도 괜찮네.

정옥   머리 검은 짐승은 키우는 게 아니라더니.

상철   안 불편해?

정옥   좋네. 딱 좋아. 출발!

상철, 손수레를 천천히 끌기 시작한다.

정옥   공책 잃어버린 김덕만 씨를 찾습니다아!

상철   찾습니다아!

정옥   고향은…, 멀리서 오셨네. 고향이 강진이래요. (상철에게) 강진이면 전남이지?

상철   (끄덕끄덕)

정옥   전라도 강진 김덕만이 아시는 부운. 공책 잃어버린 김덕만 씨를 찾습니다아!

상철   찾습니다아……

정옥   보아하니 자식 복 많으신 분이네. 우리는 달랑 아들 한 녀석 있었는데. 여기 덕만 씨는 손주만 다섯이나 돼요! 손주들 그린 거 보니까 그림 솜씨도 좋고, 글씨도 예쁘 장하게 쓰는 것이, 이리저리 재주 많은 양반이시네. 그리고 보자……, 아! 마누라가 고생 엄청나게 했어요. 식당 일만 30년에, 이거저거 안 해본 일이 없답니다. 사생활이라 여서 밝히지는 못하고 김덕만이 때문에 머리 좀 동여맸겠네요. 그래도 미안히다네요. 어떡해. 미우나 고우나 서방인데 같이 살아야지…… 그리고 또 뭐야……, 딸년 하나가 나이 많은데 아직 결혼도 안 했대요. 게다가 싸우고 집까지 나갔답니다. 얼른 시집이나 가, 이 사람아! 부모가 천년만년 살 것 같아? 호강에 배 터지는 짓이지. 얼굴 맞대고 살 수 있는 게 얼마나 큰 복인데. 나는 맨날 지지고 볶아도 좋으니 아들 얼굴 한 번만 봤으면 좋겠네.

우리 아들 얘기가 나왔으니까 말인데, 무식쟁이 부모한테 그런 아들 없었어요. 과외 한번 없이 좋은 대학 척척 붙고 졸업하자마자 우리나라에서 제일 좋은 회사 다녔다니까? 과분하지. 우리한텐 과분한 아들이었지. 양복 차려입고 출근하는 뒷모습 보면 요즘 애들 말로 짱이었어요. 순하긴 또 얼마나 순했게. 생전 뭐 사달라 땡깡 부린 적도 없었다니까. 근데 그런 고마운 아들, 속이 시커멓게 타는 줄도 모르고 내 욕심부리다 잊어버렸수다. 금방 올게요, 하고 집 나간 녀석이 병원 침대 위에 하얀 천

뒤집어쓰고 떡 하니 누워있는데 손이고 발이고 다 시커매. 그 깔끔한 녀석이, 이러고 한참을 누워있었으니 오죽이나 갑갑스러웠을까 싶어 수건으로 닦고 또 닦아도 이게 좀체 닦이질 않아요. 13년 동안 꿈속에서도 닦고 밥 먹을 때도 닦고 그렇게 끝도 없이 닦아줘도 도무지 닦이질 않아…… 그 긴 세월, 지 속마냥 시커멓게 타버린 손발을 보고 있으려니까 갑자기 정신이 번쩍 듭디다. 다 해줄걸. 하고 싶은 대로 살게 내버려둘 거얼……

상철, 멈춰 선다.

정옥　공일공 칠삼일이 일삼이팔. 늦기 전에 전화 주세요.
　　　김덕만 씨를 찾습니다. 공일공 칠삼일이 일삼이팔……

상철은 더 이상 나아가지도 못하고 정옥을 쳐다보지도 못한다.
상철과 정옥, 서로 등진 채 한참 동안 말이 없다.
상철은 하모니카를 꺼내 분다.

정옥　웬 청승이야.
상철　괜찮아?
정옥　(가자고 손 휘젓는다)
상철　(끄덕끄덕)

상철은 아무 말 없이 손수레를 끌고 가고 정옥이도 확성기만 들고
있다.

정옥　잠깐만.

상철　응?

정옥　병두 아니야?

상철　병두?

정옥　안 들려?

멀리서 병두의 목소리가 뛰어온다.

상철과 정옥, 그 방향을 바라보며 기다리고 서 있다.

병두　(골목에서 뛰어나온다) 아빠, 아빠! 찾았습니다. 아빠!

상철　(정옥에게) 귀신이네. 그게 들려? (병두에게) 어떻게 알고 온
　거야?

병두　아빠 하모니카 소리. 엄……, 마이크 소리……

상철　둘 다 귀 밝아 좋겠네.

정옥　쓰레기 봉지랑 집게는 어디다 내버렸어?

병두　집에 두고 왔습니다.

정옥　왜.

병두　일기장 주인 찾아줘야 합니다. 아부지가 일기장 찾아주
　라고 했습니다.

상철　뜯어말릴 때는 언제고.

정옥	근데 병두야. 이 공책 어디서 주웠는지 생각 나?
상철	기억 못… (한다니까)
병두	네!
상철	(동시에) 진짜?
정옥	(동시에) 진짜?
병두	네!
상철	별일이네.
정옥	그러게 왜 덮어놓고 애를 무시해? (병두에게) 거가 어디야. 어서 주워 왔어.
병두	(먼 곳을 가리키며) 쩌어기……
상철	저기 어디. 다리 건너야?
병두	(끄덕끄덕)
정옥	잘했네. 병두, 잘했어. 어여 앞장서.

상철이 손수레를 끌고 가려고 하자,
병두는 상철에게 나오라고 손짓한다.

상철	왜. 주인 찾아줘야지.
병두	내가 할 수 있습니다.

병두, 상철을 끌어내고 손수레 안을 가리킨다.

상철	왜. 나도 여기 타라고?

병두	(끄덕끄덕)
정옥	안 돼. 못 써. 힘들어.
병두	할 수 있습니다. 빨리 찾아주고 밥 먹으러 가야 합니다. 아빠…… 느립니다.

상철, 주저하다가 손수레 안으로 들어간다.

정옥	눈치 없게 진짜 들어오네.
상철	다리 아파.
정옥	좁아!
상철	옆으로 좀 가 봐.
정옥	갈 데가 어딨어?
상철	갈 데가 왜 없어.
정옥	염치없게 왜 이래, 정말.
상철	(못 들은 척) 병두야. 가자. 출발!
병두	출발!

병두, 손수레를 끌기 시작한다.

정옥	무겁겠네.
병두	하나도 안 무겁습니다.
상철	그냥 고맙다, 하면 돼.
정옥	고마운 거야 두말하면 잔소리지. 암튼, 영감탱이보다 확

실히 아들이 낫네.

상철 병두가 왜 자네 아들이야?

정옥 (못 들은 척) 박 씨까지 태워도 끄떡없겠어. 둘이나 태우고
도 힘도 다 안 쓰는 거 봐.

상철 살쪄서 그래.

정옥 어디가 쪘어?

상철 쪘어.

정옥 질투해?

상철 내가 왜?

정옥 공책 잃어버리신 부운!

상철 내가 왜 질투를 해?

정옥 김덕만 씨를 찾습니다아!

병두 찾습니다아!

상철 어딘지 안다는데 왜 시끄럽게 떠들어. 재미 들렸어?

정옥 전라남도 강진 김덕만이! 김덕만 씨를 찾습니다!

병두 찾습니다아!

상철 우리 마누라, 백 년은 더 살겠네.

정옥 공일공 칠삼일이 일삼이팔!

병두 일삼이팔!

상철 번호는 말하지 마.

정옥 되게 꽁알거리네. 빨리 찾고 가서 된장국에 밥 먹어야지.
나도 남이 해준 밥 좀 먹어봅시다.

병두 먹어봅시다!

상철	잘들 논다. 맘대로 떠들어 봐!
정옥	공책 잃어버리신 부운!
상철	조오타!
정옥	김덕만 씨를 찾습니다아!
병두	찾습니다아······
상철	김덕만 씨를 찾아요오!
병두	찾아요오!

정옥, 확성기에 대고 계속 '김덕만 씨를 찾습니다' 외치고,
상철과 병두도, 부지런히 정옥을 따라 외친다.
병두, 멈추지 않고 손수레를 끌고 걸어 나간다.

하모니카 소리, 불어오고
가로등 불빛, 깜박이며 들어온다.

막.

작품 소개 및 알림 사항

* 이 희곡은 제16회 노작 문학상 (희곡 부문) 수상 및 2019 종로문화 다양성연극제 × 종로구우수연극전 선정작으로 〈아버지를 찾습니다〉에서 원제 〈덕만 씨를 찾습니다〉로 제목 변경함.

작품 의도

꿈이다. 꿈같은 이야기일지도 모른다.

내가 2년 남짓 살았던 동네는 유난히 소규모의 고물상들이 많았고 그래서 파지를 줍는 어르신들도 많았다. 창문을 열어놓고 책상 앞에 앉아있자면 박스 한 장을 놓고 언성을 높이는 소리를 쉽게 들을 수 있었다. 어르신들의 얼굴엔 표정이 없고 남을 위한 배려의 여유라고는 찾아보기 힘들었다. 그래서 파지를 줍는 노부부가 우연히 손에 들어온 낡은 일기장의 주인을 찾아준다는 이야기는, 꿈같은 이야기일지도 모른다.

하지만 우연히, 동네 카페에 앉아 손수레에 파지 등을 잔뜩 싣고 가는 중년 부부를 보게 되었다. 2, 30분쯤 지났을까. 파지를 팔고 돌아오는 중년 부부를 다시 보게 됐는데 남편은 아내를 빈 손수레에 태우고 지나가고 있었다. 그 모습이 참 예뻤다. 그러면서 돌아가신 아버지를 떠올리게 됐다. 아버님 생전에, 이사 도중 아버지의 일기장을 잃어버린 적이 있었는데 돌아가신 이후까지도 내내 마음에 남아 있었던 것이다. 그 일기장이 우연히 보게 됐던 그 중년 부부 같은 사람을 만났다면 아직도 어디엔가 소중하게 간직되어 있지 않을까, 그런 부질없는 생각이 들었다.

앞서 말한 것처럼 삶에 지친 사람들에게는 너무나 착한 이야기일지도 모른다.

그들은 사회적 사건 사고의 피해자들이며 버림받는 것에 익숙하고 잃어버리는 것이 일상인 약자들이기 때문이다. 그들에게 도덕적 선의까지 강조한다는 것은 너무나 잔인하다는 것을 알고 있다.

〈덕만 씨를 찾습니다〉 극 중 인물들 역시 소중한 사람을 잃고 서로에 대한 원망과 상처를 안은 채 살아가는 사람들이다. 그러나 상철과 정옥은 하나뿐인 아들을 잃고도 너무나 평범하게 일상을 살아간다. 아내에게 버림받고 엄마에게 버림받은 박 씨와 병두 부자 역시 지루한 기다림의 시간을 묵묵히 버텨내고 있다. 아픔을 감춘 채 반복되는 그들의 일상이 어찌 보면 평화로워 보일 수도 있겠다. 하지만 그것은, 그럼에도 불구하고 살아내야 하는 이들의 아픔을 반증하는 것일 수도 있다. 소중한 사람을 잃고도 허기를 느껴야 하는 고통은, 경험해보지 않고는 알 수 없는 것이다.

나는 극 중 인물들을 화해시키고 그들에게 새로운 가족을 만들어주고 싶었다. 이것은 새로운 인생을 의미하며 또 다른 희망을 꿈꾸게 할 수 있다고 믿기 때문이다. 그래서 아무리 현실이 잔인하더라도 결국 고통에 대한 해답은 사람에게 있다는 이야기를 전하고 싶었다. 극 중 인물들을 통해 자신의 모습을 발견하는 사람들, 그리고 소중한 것을 잃어버린 사람들에게 한 자락 위로가 되는 글이기를 바란다.

_ 2016. 03. 27.

한국 희곡 명작선 57

덕만씨를 찾습니다

초판 1쇄 인쇄일　2021년　1월 10일
초판 1쇄 발행일　2021년　1월 20일

지 은 이　이정운
만 든 이　이정옥
만 든 곳　평민사
　　　　　서울시 은평구 수색로 340 〈202호〉
　　　　　전화 : 02) 375-8571
　　　　　팩스 : 02) 375-8573
　　　　　http://blog.naver.com/pyung1976
　　　　　이메일　pyung1976@naver.com
등록번호　25100-2015-000102호
ISBN　　　978-89-7115-755-8　03800
　　　　　978-89-7115-663-6　(set)
정　　가　8,000원